Georg Lohmeiers Spukgeschichten

Georg Lohmeiers Spukgeschichten

Langen Müller

Neu bearbeitete und wesentlich erweiterte Fortsetzung
des Titels »Gspenstergschichten« (1976)

Schutzumschlagillustration: Christoph Gremmer
Satz: ew print & medien service gmbh, Würzburg
Gesetzt aus 10/12p Baskerville System Macintosh
Druck und Binden: Wiener Verlag, Himberg
Printed in Austria

ISBN 3-7844-2683-2

Inhalt

Im Himmel gibt's kein Telefon
9

Radar
15

Spuk im Internet
23

Faxen
29

Der Malerteufel
35

Meine Nummer
41

Es ist noch keiner zurückgekommen
49

Heirate nicht mehr!
59

Die Waschmaschine
65

Der Leichenwagen
77

Handy
85

Die Rehgeiß
91

Der Schlepper
95

Vor der Fernsehzeit
115

Der Mähdrescher
125

Ein Foto
137

Gespenstischer Polizeiapparat
149

Die schwarze Frau
155

Die Percht
161

Aufforderung zum Tanz
171

Der geschändete Dichter
179

Das Siebensonntagsstöckl
191

Der Mayer Martl
199

Niki
215

Im Himmel gibt's kein Telefon

Es ist Mitternacht. Mama und Papa sind noch nicht daheim. Es klingelt das Telefon. Gertrud hört es. Noch rührt sie sich nicht. Vielleicht träumt sie das Telefongeklingel nur. Maxi schläft. Er hört nichts. Nun ist seine Schwester aber hellwach. Das Telefon klingelt tatsächlich. Sie steht auf, macht Licht und geht in den Flur, hebt den Hörer ab und sagt »Hallo«. Da ist die Stimme der Oma deutlich zu hören: »Gertrudchen, du bist es. Sind deine Eltern noch nicht zu Hause?« – »Nein, Omi, die sind noch im Theater und mit Freunden beim Essen.«

»Das ist mir gleich, ich warte keinen Tag mehr länger. Wenn deine Eltern nicht daheim sind, dann richte es aus, was ich zu sagen habe.«

»Das ist ja unheimlich, Omi. Du bist ja schon ein Jahr verstorben und begraben. Wieso bist du am Telefon? Gibt es denn im Himmel ein Telefon?«

»Ja, weil ich deinem Papa, meinem Sohn, endlich sagen muß, daß auf meinem Grab immer noch der Grabstein fehlt. Und das, obwohl ich ihm ein Sparbuch mit 28 000 Mark hinterlassen habe. Unter der Bedingung, daß er mir einen schönen Grabstein setzen läßt. Mein Grab aber sieht erbärmlich aus. Das Holzkreuz ist schon halb verfault und steht schief. Keine Blumen. Ich bin entsetzt. Sag deinem Vater, ich verlange einen Grabstein und Blumen. Und das sofort ...« Der Hörer wird aufgelegt. Aber mit ziemlichem Lärm. Dann ist die Leitung tot. Gertrud ist richtig erschrocken. Das war die Stimme der verstorbenen Omi. Das ist doch unmöglich. So etwas gibt es nicht, daß Tote aus dem Jenseits telefonieren.

Sie wankt in ihr Bett zurück. Mit elf Jahren ist sie groß genug, um das zu wissen, daß Tote nicht telefonieren können. Sie schlüpft in ihr Bett und kann nicht weiterschlafen. Nur Maxi schlummert. Der ist gut dran. Er hat nichts gehört. Soll sie ihren kleinen Bruder wecken? Und die Eltern sind immer noch nicht zurück! Hat sich jemand einen Jux gemacht? Ausgeschlossen. Sie kennt Omis Stimme genau. Sie hat hundertmal mit ihr telefoniert. Auch noch, als sie im Krankenhaus war, hat sie sie angerufen. Damals hat ihre Stimme schwach geklungen. Aber heut, ein Jahr nach ihrer Beerdigung, ziemlich energisch. Aus dem Jenseits? – Gertrud fürchtet sich, zieht sich das Plumeau über die Ohren. Tote können doch nicht telefonieren. Im Himmel gibt's kein Telefon. Gewiß auch nicht in der Hölle. Oma ist nicht in der Hölle. – Sie hat ihr zu jedem Geburtstag ein schönes Geschenk gemacht. Auch dem Bruder. Sie ist gewiß im Himmel. Trotzdem ist es unheimlich.

Endlich fängt sie zu gähnen an und kann wieder einschlafen. Sie träumt von einem großen weißen Telefon. Von einem richtigen Himmelstelefon. Engel wählen die Nummer. Es klingelt, und dann überreichen sie's der Omi.

Als die Eltern kurz nach halb eins heimkommen und ins Kinderzimmer sehen, schläft sie schon wieder. Es ist alles in Ordnung. Auch die Eltern schlafen bald.

Am anderen Morgen, es ist Feiertag, sitzen wir erst um halb neun Uhr beim Frühstück. Papa sagt, daß so etwas unmöglich sei, Tote hätten kein Telefon. Sie habe das alles wahrscheinlich geträumt.

»Ja, Papa, sie hat alles geträumt. Gertrud ist überhaupt eine starke Traumliesel. Sie hat mir schon oft von so unsinnigen Träumen erzählt. Einmal hat sie sogar von Heinzelmännchen geträumt, die ihr die Hausaufgaben gemacht haben. Über Nacht. Und sie hat geschlafen. Auch von Hexen hat sie neulich geträumt. Was sie erzählt, brauchst du nicht glauben, Papa!«

Da klingelt das Telefon. »Das werden die Schmittbergers sein. Sie werden von der gestrigen Fidelio-Aufführung schwärmen. Ausgerechnet, während wir frühstücken!« – Papa nimmt unwillig den Hörer und meldet sich mit seinem Namen: »Florian Berger«. Und schon erblaßt er. Er hört die erregte Stimme seiner verstorbenen Mutter. Maxi kann sie über Vatis Hörer drei Meter weit mithören. So laut spricht Oma.

»Du hast mir immer noch keinen Grabstein setzen lassen, obwohl ich dir ein Sparbuch mit über 28 000 Mark hinterlassen habe und du mir versprochen hast, einen schönen Grabstein zu kaufen. Und das Grab zu pflegen und mit Blumen zu schmücken und mit Buchs zu bepflanzen. Nichts hast du getan. Was hast du denn mit den über 28 000 Mark gemacht?«

»Entschuldige Mama, die Beerdigungskosten hab ich bezahlt und den Kindern hab ich neue Fahrräder gekauft. – Ja, und ich hab uns ein neues Auto angeschafft. Da hab ich 18 000 Mark draufzahlen müssen auf unseren alten Wagen. Jetzt hab ich kaum noch sechstausend Mark. Genau 5850 Mark sind noch drauf auf dem Sparbuch.«

»Das ist mir gleich«, tönt es aus dem Lautsprecher, den Mama dazugeschaltet hat, damit wir alle die aufgeregte Stimme der Oma mithören können.

»Das ist mir vollkommen egal, mein Sohn. Ich gebe nicht eher eine Ruhe, aus meiner ewigen Ruhe, bis daß ich einen schönen Grabstein haben werde. Und ein gepflegtes Grab dazu. Nicht eher! Und zwar bis Allerheiligen!« Es knackst wieder furchtbar laut in der Leitung. Oma muß ihr jenseitiges Telefon mit beängstigendem Krach aufgelegt haben. Wir sind alle zutiefst erschrocken. Und sagen kein Wort. Maxi findet als erster die Stimme wieder und meint: »Schön, du hast nicht geträumt. Es war tatsächlich Omis Stimme.«

»Was tun wir jetzt?« sagt leise der Vater. Und Gertrud merkt es seiner Stimme an, wie ratlos und erschrocken er ist. Sie nimmt ihn bei der Hand und meint: »Wir kaufen ihr einen Grabstein, Papi. Und beim Friedhofsgärtner bestellen wir einen ordentlichen Grabschmuck. Gleich morgen. Wir nehmen uns frei.«

Derselben Meinung ist auch Mami. Also gehen wir den nächsten Tag, gleich nach dem Frühstück, zu einem Steinmetzen neben Omis Friedhof. Wir wollen einen Grabstein haben.

»Ein Grabdenkmal für Ihre verstorbene Frau Mutter? Bitte, folgen Sie mir! Hier haben wir ein besonders schönes mit einem lebensgroßen Engel, der auf die Schrift deutet.«

»Woher weiß der Mann, wie groß ein lebendiger Engel ist?« fragt Max die Gertrud. Der Vater will den Preis wissen. Der Grabstein mit dem Engel kostet 14 999 Mark. Wir sind alle erschrocken. »Nicht zu teuer für meine Mutter«, antwortete Papi, aber zu teuer für uns. Da zeigt er uns einen Granitstein mit schlichtem Kreuz darüber. Dieser schöne Stein ist ihm aber auch nicht unter 10 000 feil. Papi schüttelt den Kopf. Da geht der Steinmetz mit uns hinters Haus, wo viele dunkle und helle kleinere Grabdenkmäler herumstehen. Aber auch für sie verlangt er sechs- und siebentausend.

»Wenn Ihnen diese Marmorsteine auch noch zu teuer sind, dann müssen Sie einen Gebrauchten kaufen«, sagt der Meister etwas geringschätzig. »Bitte, hier hinten hab ich ein paar alte Steine. Ich werde Ihnen die alte Schrift abschleifen und sauber waschen, dann sieht zum Beispiel der für viertausend Mark aus wie neu. Was schreiben wir denn dann darauf?«

»Hier ruht unsere vielgeliebte Omi, geboren 1918, gestorben 1997. Dazu den Spruch: Sie ist nicht von uns gegangen, sie ist vor uns gegangen. Hier, er steht auch auf dem Sterbebild«, sagt vorlaut Gertrud. Sie händigt dem Steinmetzmeister das Sterbebild aus, daß er den Namen auch richtig einmeißelt. Den Buchstaben für fünfunddreißig Mark. Eigentlich wollte er fünfundvierzig Mark haben. Darum verzichten wir schließlich auf den schönen Spruch. Und statt der vielgeliebten Omi heißt es gleich: »Hier liegt Frau Paula Berger«. – Wir Kinder, Maxi und Gertrud, sind etwas enttäuscht. Maxi stößt beim Weggehen Gertrud an und flüstert: »Ob damit Omi zufrieden ist?«

Dann zeigen wir dem Steinmetz und dem benachbarten Gärtner die Grabstätte der Omi und gehen geschwind heim.

Am Allerheiligentag bei der großen Gräbersegnung stehen wir stolz an Omis Grab. Der Grabstein blitzt wie neu. Es ist ein heller Stein. Vom alten Moos ist nichts mehr zu sehen. Die Buchstaben sind schön und lesbar eingemeißelt. Der Gärtner hat auch das Grab mit schönen Herbstblumen, mit Veronikas und Koniferen bepflanzt. Links und rechts hat er Buchsbäumchen gesetzt. Und ein großer Strauß Chrysanthemen leuchtet unter der Schrift des Steines. Wir sind sehr zufrieden und beschließen, das Grab nun öfter zu besuchen.

Als wir dann daheim beim Kaffee sitzen, klingelt das Telefon. Papi selbst drückt auf die Lautsprechertaste, so daß wir alle mithören können. Es ist Omis Stimme. Sie klingt ruhig, fast zufrieden.

»Danke für den schönen Grabstein«, sagt sie. »Wenn es auch ein gebrauchter ist, ich bin zufrieden, Bub. Auch die Anpflanzung gefällt mir. Ich hab jetzt das schönste Grab in der Gräberreihe. Danke! Wenn Ihr jährlich zweimal mein Grab besucht, werde ich nie mehr anrufen. Tschüß!« Im Hörer knackst es. Aber nicht mehr so laut. Sie hat aufgelegt. »Hat sie vom Himmel aus angerufen? Oder aus der Hölle?« fragt Maxi.

Ein entsetzliches Erlebnis! Aber tatsächlich eine wahre Geschichte. Gertrud hat es nicht geträumt. Ein unheimliches Telefonaterlebnis aus der anderen Welt. Und so was im Zeitalter der Telekom!

Radar

Manche Geschichte ist so primitiv zusammengefügt, als ob Meister Kitsch sie geschrieben hätte, auch wenn Gegenwärtig-Technisches mitspielt. Vorkommnisse aus dem Leben lassen sich oft schwer glaubhaft machen. Noch dazu, wenn die Liebe mitspielt.

Der Maurerpolier Josef Schleich heiratet endlich seine langjährige Braut Ingrid. Sein Chef, der Bauunternehmer Erich Ammerer, will die Hochzeitsfeier durch seine Anwesenheit heben und bezahlen. Da kommt eine Stunde vor der Trauung aus München ein Anruf. Der Bauspekulant Ludwig, der ihn manchmal gern beschäftigt, denn kleine ländliche Bauunternehmer sind preisgünstiger und lassen sich auch noch etwas drücken. Es geht ihm um den Bau eines siebenstöckigen Wohnhauses. Den Auftrag hat Ludwig der Firma Ammerer seit zwei Jahren zugedacht. Endlich könne übermorgen damit begonnen werden.

»Erich, du mußt heute noch kommen, morgen ist es für dich wahrscheinlich zu spät. Es bewerben sich noch sieben Firmen um das Projekt.«

»Herrgott, warum gerade heut? Mein erster Polier, der Josef, heiratet. Der Mann wäre tief gekränkt, wenn ich nicht kommen tät.«

»Laß dich von deiner Frau vertreten, Erich! Bei

Hochzeiten, Taufen, Beerdigungen und dergleichen Festlichkeiten vertritt mich immer meine Gattin.«

»Sagst du, bei meinem Sepp geht das nicht.«

»Gut, geh auf die Maurerhochzeit, aber ob dann den Auftrag in der Kolbstraße nicht ein anderer bekommt, kann ich nicht garantieren. Viel Spaß!«

Der Bauspekulant legt auf. Erich wird eine Minute lang sehr nachdenklich, dann sagt er zu seiner Frau: »Eva, ich muß nach München. Ludwig ist sonst beleidigt. Der Sepp wird's überstehen. Vertritt mich würdevoll! Die Rechnung der Feierlichkeiten übernimmt die Firma. Laß die beiden von mir herzlich beglückwünschen. Vielleicht komme ich noch zum Kehraus gegen elf Uhr abend.« Und in seinem Auto sitzt er. Es ist ein Achtzylinder.

Die Strecke kennt er seit Jahren. Er läßt den Wagen laufen, überholt fast jeden. Plötzlich winkt ihn die Polizei an einen Autorastplatz. Er ist in eine Radarfalle geraten. Umständlich muß er seine Papiere vorzeigen. Die Herren haben Zeit. Statt achtzig ist er einhundertvierzig gefahren. In seiner Erregung läßt er sich auf eine Diskussion ein, lügt er müsse auf eine Hochzeit. Ob er was getrunken hätte? – »Doch nicht vor der Hochzeit.« – Die Unterredung geht hin und her. Er wird schließlich zur Blutprobe gebracht. Dann kann er endlich weiterfahren.

Jetzt will er nicht mehr. Der ganze Auftrag Ludwigs ist ihm gleichgültig. Er denkt nur noch an die Hochzeit seines Poliers. Er ist zwar noch in Richtung München unterwegs, doch bei der nächsten Ausfahrt wendet er und fährt wieder heim. Er hat es nicht mehr eilig. Die Kirche würde schon eine Stunde zu Ende sein, die

Suppe gesalzen, der Hungertanz getanzt. Wahrscheinlich sind sie gerade beim Nachtisch. Das kann zweihundert Mark kosten. Aber nicht den Führerschein! Seine Gedanken sind bald da und bald dort.

Die Freude ist groß, da der Bauunternehmer Erich Ammerer, der Chef, im Saal erscheint. Die ganze Gesellschaft klatscht. Dic Musikanten blasen einen Tusch. Erich Ammcrcr macht seine Gratulation. Der Sepp ist überglücklich. Auch seine Braut lächelt und sieht ihn dankbar an. Erich nimmt neben seiner Frau Evi Platz, und der Hochzeitslader singt seine Schnaderhüpfl weiter: »Ohne Hochzeiter wär der Ammerer ohne Meisterpolier, und seine Firma ging pleite im ganzen Revier.« –

Dann wird wieder getanzt. Frau Evi sagt während des Tanzes zu ihrem Mann, er müsse unbedingt auch mit der Braut tanzen. Das gehöre sich. »Ich kenn ja die Frau überhaupt nicht. Hab sie nur bei der Weihnachtsfeier ein einziges Mal flüchtig gesehen.« Trotzdem, er müsse als prominentester Hochzeitsgast mindestens einmal mit der Hochzeiterin tanzen. Also gibt Erich Ammerer nach und bittet die Dame in Weiß zum Tanze. Vorher verneigt er sich flüchtig auch vor dem Bräutigam: »Sepp, erlaubst schon, daß i mit deinm Weiberl amal tanz?«

»No freili, Erich! Aber verführ mir die Ingrid fein net! Mir haben jetzt den Segen.«

Die Braut erhebt sich, und eingehängt erreicht das Paar die Tanzfläche. Die Musik pausiert gerade etwas. Also schreitet Erich mit der eingehängten Braut stolz um die Tanzfläche. Auch andere tanzlustige Hochzeitsgäste haben sich ihnen angeschlossen. Man heißt das »die Musikanten antreiben«. Was meistens zur Folge hat, daß die Musikanten sich sagen: »Grad extrig fangen wir jetzt nicht gleich mit dem Blasen an.« Sie entleeren aus ihren Instrumenten das Wasser, prüfen die Ambajour, indem sie die Lippen schürzen, wechseln noch mal das Mundstück oder studieren die Noten. – Erich fühlt die Hand der Braut. Stolz schreitet er mit ihr im Saale dahin. Es ist ihm zumute, als wär's seine eigene Hochzeiterin.

Endlich tanzen sie. Welche Harmonie steigt in ihm auf! – Das Mädchen ist gewiß um zehn Jahre jünger als der Sepp, denkt er. Und ist sein Polier um sieben Jahren jünger als er. Er genießt den Tanz mit der Braut wie einen himmlischen Traum. Obwohl er diese Ingrid noch nie gesehen hat. Wenigstens nicht deutlich und mit offenen Augen. Dabei schaut er sie auch jetzt kaum an. Einmal doch treffen sich ihre Augen, nach der ersten Tanztour. Dann klatschen sie wie die anderen. Er läßt sich nichts anmerken. Er unterdrückt sein aufsteigendes Verlangen. Nach einer halben Stunde wagt er einen zweiten Tanz mit der jungen Frau Ingrid. Nur mit Mühe kann er sich Gewalt antun. Er tanzt ein drittes Mal. Sie arbeitet als Sekretärin bei einem Steuerberater. Beim Steuerberater seiner Firma. Das ist eine Gemeinsamkeit. Keine schöne, aber immerhin eine Gemeinsamkeit. Schon wegen dieser Brauttänze hat sich die Radarfalle gelohnt, denkt er, erzählt aber von seiner Geschwindigkeitsüberschreitung nicht einmal seiner Frau Eva.

Als er zum drittenmal tanzt, der Bräutigam hat schon etwas über den Durst getrunken und will nicht mehr tanzen, bei diesem dritten Mal drückt er die junge Frau für etliche Sekunden fest an sich. Nein, das darf er nicht. In seinem vierundvierzigjährigen Leben ist ihm so etwas noch nie passiert. Nein, nein, er mag seine Evi, die Mutter seiner Kinder.

Aber Eva hat doch etwas gemerkt. Sie spricht ihm beim Zu-Bett-Gehen an: »Gell, die Braut vom Sepp hat dir guat gfalln?« fragt sie und knipst das Licht aus.

»I – ja, i glaub, der Sepp hat es nicht schlecht derraten«, brummt er und dreht sich um.

»Bstehs ein, Erich, i hab es gspürt, daß sie dir besonders gut gefallen hat.«

Ist er auffällig geworden? Er sagt: »I – ja, ich hab mit ihr einmal getanzt, wie's der Anstand erfordert. Der Sepp ist mein zuverlässigster Mauerer. Da hab ich mit seiner Ingrid – oder wie sie heißt – einmal tanzen müssen. Du hast mir's ja selber angschafft.«

»Einmal solltest du mit ihr tanzen, ja, aber net viermal!«

»Viermal? Ja, Evi, hast du denn mitzählt?«

»Hab ich. Schön war euch zum Zuschauen. Ihr habt gut zusammengetanzt. – Sie ist auch keine Grobe«, sinniert Frau Evi weiter. Setzt dann aufgebracht hinzu: »Aber sie ist sauber zu jung für dich. Außerdem ist sie dem Josef seine Frau. Da kannst du ihr nichts vormachen. Darfst ihr nichts vormachen. – Du net – und sie net«, setzte sie noch hinzu, erinnerte sich später Erich. Er hätte sie darüber beruhigt, weiß er noch, und dann seien sie eingeschlafen.

Drei Wochen nach seiner Hochzeit stößt der Maurerpolier Sepp mit dem gerade einen Lastzug überholenden Sportwagen der Frau Evi Ammerer, seiner Chefin, zusammen. Beide werden auf der Stelle getötet. Die Landstraße, die hier bald auf die Autobahneinfahrt nach München trifft, ist zwei Stunden gesperrt. Es ist obendrein jene Ausfahrt in der Nähe jenes Rastplatzes, wo vor drei Wochen Erich Ammerer in die Radarfalle der Polizei geraten und zur Hochzeitsfeier seines Poliers umgekehrt war.

»Keinen Kilometer weit weg davon ist das Unglück passiert. Der Anblick war entsetzlich. Ich kann heut noch net schlafen. Ich bin fertig. Meine Evi war eine gute Frau. Und der Sepp sowieso mein bester Polier. Mir ist das Geschäft ziemlich egal geworden. Obwohl der Laden weiterläuft. Aber nach mir wenns ging, tät ich lieber heut als morgen aufhören. Keinen Kilometer weiter bin ich damals der Polizei in die Radarfalle geraten. Ist das net seltsam? – Ist das net zum Nachdenken, ja zum Fürchten? Und weil ich mit dem Sepp seiner Braut auch noch so gut getanzt habe dazu! Wär ich damals doch vorschriftsmäßig langsamer gefahren! Hätte ich nicht umgedreht, wär ich nach München und nicht zur Hochzeit meines Poliers. Vielleicht könnten dann alle noch leben? – Wer weiß es? Lieber Gott, diese Frage quält mich. Ich bin schuldig geworden mit meiner Raserei. Daß sie aber überall so verdammte Radarfallen aufstellen!«

Erich Ammerer spricht mit sich selber und mit seinen Vertrauten. Er betrauert seine Evi, beweint sie. Er tröstet die Kinder: einen neunzehnjährigen Sohn und eine siebzehnjährige Tochter.

»Wir müssen zusammenhalten. Die Mama möchte das auch. Ich spür es, wie sie uns vom Himmel herab lenkt und leitet und tröstet. Halten wir zusammen Kinder! Und haltet euch an die Geschwindigkeitsbegren-

zungen! Ich hab eine gewisse Schuld, daß ich in die Radarfalle geraten bin. Halten wir zusammen!«

Viele Monate später macht der Vater mit seinen Kindern eine Bergwanderung. Sie reden kein Wort. Versuchen sich in der Natur abzulenken. Die Bergmassive sind es, die sie am ehesten trösten.

»Schaut das Kaisermassiv an, Kinder! Da kriegt ihr einen Begriff von der Ewigkeit. Da spürt ihr, daß es einen Herrgott gibt!« Sie gehen rasch und überholen bald die Bergwanderin, die schon eine Weile vor ihnen dahinschritt. – »Wißt, Kinder, unsere Mama ist gern da heraufgegangen. Und auch der Sepp, das weiß ich.«

In diesem Augenblick überholen sie die junge Frau. Sie hat den letzten Satz Ammerers gehört und antwortet: »Der Herr geb den beiden die ewige Ruhe, Herr Ammerer!«

Es ist die um siebzehn Jahre jüngere Witwe Ingrid.

»Ja, so ein Zufall«, wundert sich Erich. »Das darf nicht wahr sein!« Nun stellen sich Sohn und Tochter vor, reichen der jungen Witwe die Hand, dann gehen sie zu viert weiter. Wer führt denn in meinem Leben Regie? denkt Erich Ammerer. Lange wissen sie nicht, worüber sie reden sollen. Ammerer kommt sich vor wie beim ersten Brauttanz. Schüchtern lädt er sie in der bewirtschafteten Alm zu einer kräftigen Jause ein. Ingrid lehnt ab. Sie werde hier schon von einem Herrn erwartet.

»Ja, dann halt nicht«, sagte der Bauunternehmer.

»Schade«, meint die Tochter, die ihren Vater vielleicht ein wenig durchschaut hat.

»Es erwartet mich mein Bruder. Er hat immer noch ein Gipsbein und ist mit der Bahn heraufgefahren. Dort sitzt er ja.« Sie eilt an den Tisch ihres Bruders, der eine junge Frau und zwei Kinder bei sich hat. Die Ammerers setzen sich an den Nachbartisch. Allmählich bahnt sich ein Gespräch an. Sie würden wahrscheinlich auch mit der Bahn talwärts fahren, sagen die Ammerers. Aber dafür den Ausflug nächsten Samstag wiederholen.

Die Geschichte geht weiter. Vielleicht warten Ingrid und Erich das ganze Trauerjahr nicht mehr ab. »Doch, das Trauerjahr wird auf alle Fälle eingehalten. Das bin ich meiner Evi schuldig, Gott hab sie selig. Und du deinem Sepp, meinem besten Polier!«

Die Kinder haben nichts dagegen.

Spuk im Internet

Weltweite Beziehungen knüpft das Internet. Renates neuer Freund, Gilbert, weil seine Großmutter aus Metz stammte, hat sich einen sündteueren neuen Computer mit Internetanschluß gekauft. Das neueste Modell. Renate spottete über dieses »neueste Modell«, das in einem halben Jahr schon wieder überholt sein würde.

»Spotte nur, du brauchst nicht mitfinanzieren. Man soll immer das neueste Modell erwerben, sonst bleibt man auf einer uralten CE-500 sitzen, nur weil in drei Monaten ein neues Modell herauskommen soll«, erwiderte Gilbert. Es kam zu keinem Zank, dazu hatten sie sich noch zu gern. Kannten sie sich doch erst sechs Wochen und waren sich gegenseitig auch »das neueste Modell«.

Das Modell mit Anschluß ans Internet kam, und sie übten beide stundenlang das Gerät ein, machten ein Login nach dem anderen, trennten oder gingen gleich auf einen bestimmten Server. Renate lernte fast schneller als er.

»Ich werde den Urlaub finanzieren«, sagte sie bestimmt. Sie hat bei einer Pariser Reisegesellschaft einen vierzehntägigen Urlaubsaufenthalt in Sri Lanka gebucht. Sie hätten bei ihrem heimischen Büro um die Ecke buchen können. Aber Internet machte es möglich, über Paris zu ordern. Es funktionierte einfach großartig, dieses neueste Modell! Umgerechnet für nur 1825 Deutsche Mark – oder für 865 Euro, inklusive Hin- und Rückflug. Wohnen würden sie in einem Dreisternehotel. Sie bestätigten das Angebot. Gilbert war begeistert und wollte nicht nur mitfliegen, sondern auch mitfinanzieren.

Günstige Urlaubsangebote beschleunigen nicht selten die Partnerschaft, und manchmal wird daraus eine Gemeinschaft fürs Leben.

Die beiden sparen und studieren die Insel im Indischen Ozean. Immer wieder sitzt er am Computer und sieht sich die gebuchte Offerte an. Sie spüren die weite Welt, die überall zugegen ist. »Ein Pariser Büro und wir zwei«, ruft Renate entzückt aus, »und dann nach Sri Lanka, das ist schon beinahe gespenstisch!«

Am anderen Morgen lesen sie die Fernannonce wieder. Da wird es geisterhaft. Sie trauen ihren Augen nicht. Aber da steht es: »Sri Lanka, vierzehn Tage in Dreisternehotel mit Hin- und Rückflug 1825. – Rückflug im Zinksarg mit Bestattung achttausend DM«.

»Da hat sich jemand einen makabren Spaß erlaubt«, meint Renate. »Ist im Internet unmöglich«, sagt Gilbert. Er trennt die Verbindung. »Es ist denkbar, daß irgendwie eine Art Mikrokurzschluß die letzte Zeile eines Ferienbestattungsdienstes in unser Pariser Angebot herüberverweht hat. Oder so ähnlich. Hab ich zwar noch nie gehört, aber was ist in der komplizierten weltumspannenden Elektronik schon unmöglich?«

Er wartet eine Minute, dann versucht er ein neues Login. Er geht gleich auf den Server des Pariser Reiseunternehmers. Wieder heißt es: ». . . Sri Lanka, vierzehn

Tage in Dreisternehotel mit Hin- und Rückflug 1825 Deutsche Mark. Rückflug im Zinksarg inclusive Bestattung 8000.–

»Unmöglich«, ruft Gilbert. »Ich fürchte mich«, seufzt Renate und ergreift Gilberts Hand. »Du hast recht, Renate, das ist nicht nur unmöglich von diesem Computer mit Internetanschluß, es ist unheimlich«. Er trennt die Verbindung. Sie sehen sich an und atmen schwer. Die Angst der gespenstischen Verbindung nach Paris hat nun beide erfaßt.

»Verdammter Mist«! ruft Gilbert. »Ich glaube nicht an Gespenster. Nicht im Internet.« Er hat seit seinem zwölften Lebensjahr ein grenzenloses Zutrauen zum Computer. Er hat mit Computern gespielt, gelernt und studiert, und seit zwei Jahren arbeitet er täglich mit so einer kybernetischen Maschine. »Noch nie habe ich etwas Ähnliches erlebt. Im Internet spukt es nicht. Das ist nicht unheimlich. Das ist unmöglich. Normalerweise kommt so etwas nicht vor. Dieser Computer mit dem Internetanschluß ist das neueste Modell. Eher täuscht sich hundertmal das menschliche Auge. Ich werde mit der Firma Verbindung aufnehmen und fragen, ob die erweiterte Annonce ein Scherz ist«.

Er verhandelt mit dem Reisebüro in Paris und bekommt die sachliche Auskunft: »... mit Hin- und Rückflug 1825 Deutsche Mark. Stop, Ende der Anzeige«. – Niemand hat den makabren Nachsatz hinzugefügt.

Er geht noch mal auf den Server der Pariser Reisefirma. Und wieder lesen die beiden den fürchterlichen Nachsatz: »Rückflug im Zinksarg inklusive Bestattung 8000 DM.

Den anderen Morgen macht er in der Firma, während der Mittagspause, ein Login auf dem Computer seines Chefs. Auch ein neues Modell. Das Pariser Ferienangebot von dem Dreisternehotel in Sri Lanka erscheint auf dem Schirm, ohne den makabren Zusatz vom Zinksarg. Zur Sicherheit trennt er die Verbindung und geht noch mal in den Server des französischen Reiseunternehmers. Wieder erscheint korrekt das ursprüngliche Angebot ohne den Zinksarg.

Gilbert atmet auf. Nur sein Computer ist schuld. Er kann Renate die Angst vor der gebuchten Urlaubsreise nehmen. Auch auf dem PC seines Kollegen gibt es keinen Rückflug im Sarg für 8000 Mark. Nur sein neues Modell spielt verrückt.

Um fünf Uhr haben sie Dienstschluß. Um halb sechs schon sitzen sie zu Hause vor dem Computer. »Habe keine Angst mehr, Renate das Modell meines Chefs und das meines Kollegen kennen das verlockende Angebot ohne den schrecklichen Nachsatz. Fürchte dich also nicht mehr. Wir fahren, Schatz, auch wenn unser Internet verrückt spielt.« Er küßt sie. Renate lächelt ihn an. Dann bittet sie ihn aber: »Bitte geh jetzt in den Server! Vielleicht ist bei deinem Modell nun auch wieder alles in Ordnung.«

Gilbert schaltet ein und macht sein Login. Er geht gleich auf den Server des Pariser Reiseunternehmers. Sie sehen sich an. Renate atmet schwer. Endlich kommt die Annonce: »... mit Hin- und Rückflug 1825 Deutsche Mark. Rückflug im Zinksarg inklusive Bestattung achttausend Deutsche Mark«.

»Nein«! schreit Gilbert auf. Renate verschlägt es die Stimme. Sie spürt ein Angstgefühl aufsteigen. Ihr Puls wird schneller. Sie, die rechnende Veranlagerin aus dem Finanzamt, die nichts erschüttern kann, fürchtet sich vor diesem Computer mit Internetanschluß.

Endlich kann sie wieder sprechen. Sie stammelt ratlos: »Gilbert, was machen wir da?«

»Natürlich fliegen wir kommenden Mittwoch. Ich werde die Ursache dieser Kurzschlußanwandlung meines Modells schon noch herausbekommen.« Er trennt die Verbindung und stellt dann andere Programme ein, um seinen Computer auf andere Gedanken zu bringen. »Normalerweise spukt es im Internet nicht.«

Dann geht er wieder auf den Server des Reisebüros. Und wieder steht der unheimliche Satz da: »Rückflug im Zinksarg inklusive Bestattung 8000 Mark«.

»Das ist unheimlich, Gilbert! Wir fliegen nicht. Unter keinen Umständen fliege ich nach Sri Lanka. Machen wir Urlaub am Chiemsee! Als Mädchen war ich mit meinen Eltern immer in Übersee ...« Sie redet plötzlich schnell daher, denn ihr Entschluß, den Flug zu stornieren, befreit ihre Seele von der Angst dieses Gespenstes im Internet.

Endlich willigt auch der Lebensgefährte ein. »In Ordnung, Renate, wir canceln die Reise.« Er klickt die Homepage an und tritt von der gebuchten Sri Lankareise zurück. Zusätzlich faxt sie die Stornierung nach Paris: »Wegen plötzlicher Krankheit«. »Das ist nicht gelogen, denn meine Angst ist auch eine Krankheit.«

»Allerdings, Übersee ist nicht Übersee«, witzelt Gilbert. Aber der heimische Urlaub mit Renate hat ihm dann doch gefallen. Sie machten zusammen sogar eine Bergwanderung zum Schnappenkirchlein, obwohl es heißt, daß dort oben der heilige Wolfgang den Liebes-

paaren rasch den Weg in einen glücklichen Ehestand vermittelt.

Und dann kaufen sie sich plötzlich eine Zeitung, denn Fernsehen wollen sie im Urlaub nicht. Auf Seite drei lesen sie: »Vier deutsche Urlauber in Sri Lanka abgestürzt. Sie hatten dort während ihres vierzehntägigen Aufenthaltes mit dem Hubschrauber ihres Hotels einen Ausflug unternommen und prallten gegen einen Felsen. Der Pilot und die Touristen wurden sofort getötet. Ihre Leichen werden in Zinksärgen nach Deutschland gebracht.«

»Für achttausend Mark«, ruft Gilbert und zeigt den kurzen Bericht seiner Freundin. Renate sitzt still da und nickt mit dem Kopf.

»Deinem Internet sei gedankt! Es hat uns gewarnt. Wir hätten gewiß auch das Hubschrauberangebot angenommen. Nie mehr sag ich etwas gegen dein neuestes Modell! Gilbert, ich liebe dich!«

Dann erinnert sich Renate an eine Erzählung ihrer Urgroßmutter: Während des Ersten Weltkrieges träumt diese von einem Leichenzug ohne Sarg. Schweißgebadet und verwundert wacht sie auf. Da bringt der Postbote das Trauertelegramm vom Tod ihres Sohnes Franz, gefallen im Wald von Avanvourt bei Verdun. Gefallen für Kaiser, König und Vaterland! –

Sie hatten keinen Sarg beim Kriegergedächtnisgottesdienst. So fürchtende Vorahnungen haben sich früher in Träumen niedergeschlagen. Bei der heutigen, der jungen Generation – bei uns – halt auch im Internet.

»Die furchtsame Vorahnung haben wir beide gehabt, Gilbert, und haben sie auf den Computer übertragen.«

Faxen

Wir sollen um siebzehn Uhr in Passau sein. Von uns aus sind es 210 Kilometer. Da fahren wir an die drei Stunden. Es ist zwar erst dreizehn Uhr, aber man will ja eher früher als später ankommen. Ist fünf Uhr nicht eine ungewohnte Zeit für den Beginn einer Geburtstagsfeier? Finden wir uns damit ab. Mein Freund hat immer seltsame Gewohnheiten. Wahrscheinlich wird es erst einen Kaffee geben und dann gegen acht Uhr noch ein Abendessen.

Er ist Oberstudiendirektor im Ruhestand. Alte Sprachen waren auch meine Fächer. Vielleicht dachte er bei der Abfassung der Einladung an die blutige Tragödie der Brüder Atreus und Thyestes, wo sich beim Versöhnungsmahl die Sonne abwendet, da der eine Bruder den Pokal an seine Lippen hebt. Weil er nicht weiß, daß er beim Versöhnungsmahl das Fleisch seines Sohnes gegessen hat. Eine blutrünstige Geschichte zweier Brüder, von denen der eine die Frau des anderen verführt hatte. Bei anderen Autoren hat er sie gar vergewaltigt. Die Geschichte geht mir durch den Kopf, weil ich sie gerade bei Seneca nachgelesen habe.

Und wenn sich die Sonne abwendet, mag es gerade fünf Uhr gewesen sein. Denn es war ein kalter Wintertag. – Wir hatten als Studenten auch einmal das gleiche

Mädchen geliebt. Aber Gott sei Dank sind wir nicht jene beiden griechischen Brüder gewesen! – Zum siebzigsten Geburtstag sind wir sowieso gelassener. Er wird uns im Passauer Wolf schon etwas Gediegenes vorsetzen! Immerhin mag sich jetzt, im November, gegen fünf Uhr die Sonne abwenden. Es erinnern uns immer nur Nuancen an die großen Tragödien. Altphilologen sind – und wenn sie es noch so sehr leugnen – doch ein bißchen abergläubisch, denken gern an die heidnischen Götter, denken manchmal verliebt an die Liebesgöttin Aphrodite, wissen, daß Eros ein Gott war, und trauern auch als Christenmenschen der lateinischen Liturgie nach.

»Beeile dich, meine liebe Frau, du wirst ohnehin zu den Schönsten gehören, und ich bin nicht mehr eifersüchtig auf den Herrn Professor.« – Ihre Haare sind immer noch nicht ganz trocken. Ich bin mir zwar schön genug, aber ich binde mir, vorsichtshalber und weil ich Zeit habe, den Selbstbinder noch einmal. Der Knoten wird nicht kleiner. Ach was, für einen siebzigsten Geburtstag sind wir schön genug!

Ich fahre das Auto aus der Garage. Wir streiten wegen des Chauffierens. Ich fahre. Nein, du fährst nicht. Ist man über siebzig, ist man nicht mehr so reaktionsfähig wie mit sechzig. Ich gebe nach und ärgere mich nicht. Das Garagentor ist zu. – »Sieh nach dem Bügeleisen!« – Ich steige aus und öffne die Haustüre. Da höre ich durch die verschlossene Tür, wie in meinem Arbeitszimmer das Telefax gerade ziemlich kräftig ein Schreiben ankündigt. Das Bügeleisen ist aus. Ich gehe zurück zum Auto, die Haustüre gründlich absperrend. Das vielleicht ankommende Fax interessiert mich nicht. Nicht selten kommt doch nichts Gescheites.

Meine Frau am Steuer und bei laufendem Motor hat auch die Empfangssignale des Telefaxgerätes gehört. Ob ich nicht doch noch nachsehen möchte, wer uns gefaxt hätte? Vielleicht ist dem Jubilar in letzter Minute eine äolische Versverzögerung eingefallen und er will sich wie Achilleus mit seinen Myrmidonen grollend vom Kampfe zurückziehen?

Nein, jetzt wird gefahren, sage ich gebietend, denn abermalen aussteigen und die Haustür aufsperren ist mir zu viel. Ich habe meine Wagentüre noch nicht ganz geschlossen, da hören wir beide erneut das pfeifende, ja energisch trillernde Gerät. Durch die geschlossene Haustür. Durch die zugemachten Fenster! Das ist nicht normal, denk ich.

»Wer faxt denn da so laut?« frage ich. Es ist dreizehn Uhr und fünf Minuten. Höchste Zeit. Fahren wir! – Wir hören, wie das Faxgerät empfängt, um dann sofort noch lauter zu flöten. Meine Frau ist ausgestiegen und ins Haus gegangen. Ich werde jetzt auch neugierig. Das Gerät ist wahrscheinlich kaputt. So laut tütet kein normaler Faxapparat. Meine Frau liest vor: »Auf der Bundesstraße 12 vor Malching ein entsetzlicher Verkehrsunfall. Ein Personenwagen aus Fürstenfeldbruck stieß im Nebel mit einem Lastzug zusammen. Die älteren Eheleute im PKW wurden auf der Stelle getötet. Der Fahrer des LKWs erlitt schwere Verletzungen. Die B 12 ist seit fünfzehn Uhr dreißig in beiden Richtungen gesperrt.«

»Bis wir hinkommen, ist alles aufgeräumt«, sage ich gedankenlos. Es waren drei Blätter gefaxt worden. Auf jedem stand die gleiche schreckliche Unfallmeldung. Und eben tütete das Faxgerät zum vierten Blatt.

»Wer ist denn der Absender? – Wir haben in Malching doch gar keinen Bekannten«, sage ich. Da wird die vierte Seite gesendet. Wieder lesen wir den gleichen Text. »B 12 seit fünfzehn Uhr dreißig in beiden Richtungen gesperrt.«

»Seit fünfzehn Uhr dreißig? – Jetzt ist es erst nach eins!« Wie soll denn das zusammenpassen? Meine Frau spricht als erste von der Ungeheuerlichkeit dieser Botschaft. Von der prophetischen Zeitdifferenz. Ein älteres Ehepaar aus Fürstenfeldbruck? – In Richtung Passau, kurz vor Malching? Natürlich sind wir da gemeint!

Ich suche auf der Landkarte den Ort Malching. »Wallfahrt zum gegeißelten Heiland in der Wies. Wertvolle Pfarrkirche zum heiligen Ägidius«. Das ist auf der Rückseite meiner Karte vermerkt.

»Zum gegeißelten Heiland in der Wies?« wiederholt meine Angetraute. »Dort waren wir ja erst vorgestern! Ich habe in der schönen Kirche andächtig gebetet.«

»Trotzdem ist so ein Fax ungewöhnlich«, sage ich. »Das ältere Ehepaar aus Fürstenfeldbruck deutet auf uns. Aber wenn es jetzt erst zehn nach eins ist, wie kann der Bericht dann fünfzehn Uhr dreißig melden? Das ist ja erst in zwei Stunden!«

»Auf geheimnisvolle, überirdische Anweisung sind wir durch das Faxgerät gewarnt. Begreif es doch endlich! Unser Schutzengel hat uns mit diesem Fax gewarnt. Wären wir um dreizehn Uhr und fünf Minuten gefahren, hätten wir um etwas zwanzig nach drei die Karambolage mit dem Lastzug gehabt. – Wir warten. Auch wenn wir um fünf Minuten zu spät kommen. Und wir fahren vorsichtig. Es ist stellenweise so nebelig, daß man nur knapp hundert Meter weit sehen kann. – Wir werden in Altötting in der Gnadenkapelle ein kurzes Dankgebet verrichten.«

Meine Frau spricht das alles nur nebenbei und sehr schnell. Dann kniet sie sich vor dem wunderbaren Faxgerät auf die Knie nieder und dankt unserem Schutzengel. Ehepaare haben nach der Trauung wahrscheinlich einen gemeinsamen. Dem gegeißelten Heiland in der Wies dankt sie auch.

Obwohl ich ihr beistimmen will, rumort es in meinem Kopfe wie in den Gedanken eines böotischen Hirten: »Höre mich, Zeus im Olymp, ich danke dir für das Heil meiner Herde ...« Ein alter Grieche ertappt sich immer wieder im Heidnischen. Und heidnisch sind auch Leute, die sich ein Faxgerät halten. Ich war dagegen. Jetzt sehe ich doch einen Sinn in diesem unheimlichen Apparat im Arbeitszimmer eines pensionierten Altphilologen.

»Erzähle heut abend in der Geburtstagsgesellschaft bloß niemand ein Wort von den Faxen! Niemand wird es uns glauben. Vielleicht haben wir es uns selber nur eingebildet, weil der Wetterbericht gar so nebelig, kühl und feucht geklungen hat, daß wir gar nicht fahren wollten. Und fahre vorsichtig, geliebte Frau, der Nebel umgibt uns von allen Seiten! Wir sind ein altes Ehepaar aus Fürstenfeldbruck.«

Ich denke an den Jubilar und an unsere gemeinsame Liebe vor fünfzig Jahren. Er hat immer die Hymnen an Aphrodite bevorzugt. Hat darüber auch seine Arbeit geschrieben. Ich habe ihm damals schon mit der lesbischen Sappho geantwortet: »Sanftlächelnde, keusche, veilchenlockige Schöne! Gestehen will ich dir etwas. Scham nur hindert's.«

Nach diesem Faxerlebnis werde ich das Geburtstagsgedicht nicht vortragen können.

Wir verweilten in Altötting und kamen schließlich gegen halb fünf Uhr nach Malching. Es war freie Durchfahrt. Aber wir sahen noch deutlich die Spuren des Unfalls. Ein total zerstörter Personenwagen wurde eben abtransportiert. Ich blickte mich um, meine Frau fuhr ja sehr langsam, und ich sah noch das verbeulte, herumbaumelnde Nummernschild. Es war ein Wagen aus Fürstenfeldbruck. Natürlich, wir sind heut nicht die einzigen Brucker, die nach Passau fahren! Ich erzähl's meiner Frau. Sie schüttelt den Kopf.

»Trotzdem, Hesiod« – das war auf dem Gymnasium mein Spitzname gewesen – »trotzdem, hätte uns das Fax nicht gewarnt, wäre das unser Wagen.«

Was sind gegen solche Faxen die Orakelsprüche von Delphi?

Der Malerteufel

Das Malen hat einen Teufel. Erkennen die gesunden Leut das Gemalte, gilt das Bild bei den kritischen Köpfen unserer Tage nicht viel. Erkennen es aber die Geisteskranken, die Schizophrenen und sonstigen Psychoten, ist es große Kunst. Das ist wahrscheinlich schon der Teufel in der Malerei.

Albert Meiermaßl hat bereits in vielen Stilen gemalt, neokubistisch und blutrot, zerfahren gepatzt und abstrakt gespachtelt, alles in Mischtechnik mit und ohne Titel, überdimensional und gelb-schwarz verwüstet. Aber weil nun seine Großmutter aus Altötting stammte, malt er seit etwa zwei Jahren neue Votivbilder.

Das Geschäft mit der abstrakten akademischen Malerei ist in den letzten dreißig Jahren sowieso immer schlechter geworden. Ähnlich erging es den echten Votiv-Taferl-Malern in den Wallfahrtsorten. Obwohl die Unglücksfälle eher zugenommen haben, werden die Gelöbnisse, in der Wallfahrtskirche ein Votiv-Taferl aufzuhängen, immer seltener! – Je glaubensloser die Welt, desto sinnloser – oder abstrakter – die Kunst. In dieser profanen Umgebung kann nur ein Ausbund an Profanie wirksam werden.

So malt Albert Meiermaßl seine Votiv-Taferl jetzt für volkskundliche Interessenten. Das Stück für hundert und dreihundert Mark. Je nachdem, wie alt das Votiv-Taferl ausschauen soll. Und was halt alles drauf sein muß: Küh' und Kälber, kranke Roß und rotläufige Säu, liegerhaftige Bäuerinnen und Bauern in der letzten Stund. Seine Bilder sind wahre Meisterwerke der Volksfrömmigkeit und viel schöner wie die naiv-bäuerischen der alten katholischen Visibilität.

Das wichtigste auf all seinen Votiv-Taferln ist bei ihm nämlich immer das, über der Unglücksszene schwebende, Gnadenbild. Umgeben von einem himmlischen Strahlenkranz zeigt er da eine bildhübsche Madonna, eine Immaculata, das Jesuskind im Arm, wie sie gerade mit ihren Füßen einer teuflischen Schlange das Haupt zertritt.

Und als er schon ungefähr dreihundertmal so eine Immaculata fein säuberlich und mit dem Einfühlungsvermögen einer gewissen Hingabe und frommen Liebe gemalt hatte, empfindet er beim dreihundertundersten Bild plötzlich eine wirkliche, altmodische Marienfrömmigkeit in seiner Seele aufsteigen, die er, der lebenslustige Bohemien aus München-Schwabing, in dieser barocken Innigkeit noch nie verspürt hat! Seiner Lebtag noch nicht. Nicht einmal am Tage seiner ersten heiligen Kommunion, die 1983 in einer neuen, einem Betonbunker ähnelnden Stadtpfarrei gefeiert worden war und auch schon mehr den bloßen Mahlcharakter betont hatte als den der allerheiligsten Eucharistie. – Noch nicht genug dieser merkwürdigen Anwandlungen! Wie er die erzböse Teufelsschlange unter die Füße der Mutter Gottes hinpinselt, dunkelgrün und mit giftig zischelnder Zunge, schön gräuslich halt und zum Fürchten abscheulich, da überkommt ihn, den ehemals ab-

strakten und zerfetzten Neokubisten, wiederum ganz plötzlich ein entsetzlicher Ekel vor diesem Teufel, den er doch selber gerade gemalt hatte. Und er spitzt verächtlich die Lippen, spuckt den kleinen Tatzelwurm an und sagt: »Pfui Deifi!« – Jetzt erst erklärt er das Bild für fertig. Eine seltsame Attitüde! – Und so geht es ihm von nun an jedesmal. Immer wenn er die Madonna darstellt, ist er ergriffen wie ein betender Wallfahrer und wenn er den Schlangenteufel pinselt, muß er »Pfui Deifi!« ausrufen.

Das hat sich der Teufel natürlich nicht gefallen lassen. Und auf einmal ist er ihm erschienen.

Indem der Meiermaßl in meiner Nachbarschaft wohnt und ich schon oft in seinem Atelier war, hat er mir die Geschichte erzählt, hat mir den Teufel sogar genau beschreiben können. Einen Meter dreißig groß, schwarz wie die Nacht, Hörner gut fingerlang und Augen wie Hühnereier. – Auweh, denk ich mir, der Albert fängt langsam zu spinnen an. Ich schicke ihn zum Nervenarzt. Der schickt ihn zum Psychiater und der wieder zum Psychotherapeuten. Es hilft alles nichts. Jedesmal, wenn er den Teufel malt, muß er »Pfui Deifi!« sagen – und hat gleich darauf wieder dieses schreckliche Gesicht vom wirklichen Teufel.

Sein Votiv-Maler-Geschäft aber geht immer besser. Unter drei-, vierhundert Mark ist von ihm kein Bild zu haben.

Die Sitzungen beim Therapeuten kosten freilich viel Geld.

Der Teufel wird immer gefährlicher, dreister, aufdringlicher. Meiermaßl lernt z.B. ein bildhübsches Mädchen kennen, von traumhafter Schönheit und außergewöhnlicher Liebenswürdigkeit. Er verliebt sich in sie, und sie überredet ihn zum Aktmalen. – Ihn, den so erfolgreichen Marienmaler! – Die Schönheit »liegt« ihm also in seinem Atelier – »Dame auf dem Tisch mit Brot und Wein« – da klingelt es und der ihm angekündigte Stadtpfarrer will für seine Kirche das bestellte Immaculata-Bild abholen. – Die Überraschung läßt sich denken! – Das eben vorhin angefertigte marianische Bild ist im Atelier nicht zu finden. Dafür liegt ein unbekleidetes Modell auf dem Tisch! – Der Stadtpfarrer geht kopfschüttelnd weg. – Und der Meister rauft sich die Haare. – Da zischelt die Liegende auf dem Tisch, und aus dem Mädchen wird augenblicks ein teuflisches Gespenst! Es grinst und pfaucht; zischelt ihn wütend an:

»Da hast dein Pfui Deifi!«

Ruft es mit krächzender Stimme und verschwindet.

Die Blamage! – Wo doch der Herr Stadtpfarrer für seine Betonkirche wenigstens ein einziges Marienbild haben wollte! Und gar für 3000 Mark! In der Not fällt dem Meiermaßl die Mutter Gottes ein. Er fängt an zu beten wie ein barocker Wallfahrer. – »O Maria hilf! O Maria hilf doch mir, ein armer Sünder kommt zu dir!«

Die Geschichte wird wieder gut. Der Herr Pfarrer fährt heim, fühlt sich nicht wohl, legt sich ins Bett und schläft ein. Er träumt die erlebte Szene im Atelier noch einmal, steht auf, reibt sich die Augen und fährt wieder nach Schwabing ins Atelier Meiermaßl!

»Mein Gott, Herr Kunstmaler, hab ich jetzt einen merkwürdigen Traum gehabt! Als ob ich schon bei Ihnen gewesen wär' und Sie hätten grad einen unkeuschen Akt gemalt! Ein sündhaftes Weib auf dem Tisch mit

Brot und Wein! – Aber Gott sei Dank, das ist ja nicht der Fall! Sie sind doch der beste Marienmaler, den es derzeit in Schwabing überhaupt gibt! Unsere Kirchenzeitung wird über unser Bild eine größere Reportage bringen.«

Jawohl, auch das Bild war zur Hand, lag noch auf der Staffelei. Der Herr Stadtpfarrer bezahlte und nahm es hochbeglückt mit.

Keine acht Tage später wird der vom Teufel geplagte Marienmaler zu einer Kegelrunde eingeladen. Ein älterer, sehr sympathischer Bildhauer verführt ihn in der kurzweiligen Stimmung zu etlichen Schoppen Frankenwein, überredet ihn dann auch noch, mit dem Auto ihn doch heimfahren zu wollen. Dabei führt er ihn direkt in eine Polizeifalle. – Die aufzublasende Tüte färbt sich blau und grün. – Da lacht der Bildhauerfreund hämisch und sagt:

»Da hast du deinen Pfui Deifi!«

Und ist verschwunden.

Sofort wird eine Blutprobe veranlaßt. – Trotz des neuen Wagens ist der Führerschein beim Teufel, denkt sich der Meiermaßl und ist wieder unglücklich.

Aber während sie ihm noch das alkoholische Blut abzapfen, fängt es in ihm wieder an zu beten wie in der Seele eines gläubigen Marienwallfahrers vor hundert Jahren:

»O Maria hilf! O Maria hilf doch mir, ein armer Sünder kommt zu dir!«

Die Blutprobe ergibt daraufhin nur Null Komma ein Promill! – Obwohl der Delinquent total betrunken ist und eine Herzogspitalfahne hat wie ein barocker Würzburger Domprälat. Maria hat geholfen!

Meine Nummer

Daß man im Traum sich selber sieht, mag vorkommen und bedeutet oft nichts Gutes. Daß einer aber in der Wirklichkeit sich selber begegnet, ist unheimlich! Da muß es nicht November sein.

Es war aber zufällig November. Eine unheimliche Nebelnacht stülpte sich über Stadt und Land mit vielen Auffahrtsunfällen.

Natürlich glaubt heute kein Mensch mehr an Gespenster, an arme Seelen, die herumirren und nach einem Vaterunser lechzen. – Ich auch nicht. – Ich bin vierzig Jahre alt jetzt, ein gestandenes Mannsbild und ein Münchner, seit zwölf Jahren verheiratet, Vater von drei Kindern, Polizeimeister, eine kühle Natur, das kann ich wohl behaupten und ein moderner Mensch, technisch auf der Höh, ich richt mir alles selber an meinem Wagen, und ich hab sogar eine gewisse Ahnung von der Physik und von den Atomen. Trotzdem, was ich vorgestern erlebt habe, mitten in der Millionenstadt München, das war unheimlich, und es gibt dafür auch keine Erklärung, keine wissenschaftliche wenigstens, indem daß meine Frau, die Karin, ebenfalls durch und durch eine gesunde Natur ist; der Doktor Wondrak, ein Psychotherapeut, hat sie untersucht und hat es bestätigt. – Und zu mir hat er gesagt: Herr Polizeimeister, auch Sie sind in Ordnung, physisch und psychisch; wenn Sie doch wenigstens ein Phantast wären, dann hätte ich eine Erklärung, aber Sie sind ein nüchterner Mensch. – Jawohl, es ist unheimlich, und ich kann Ihnen sagen, ein Verbrechen wär mir lieber, denn Ihre Frau ist – und das haben meine Untersuchungen bestätigt – keine aktive Träumerin.

Es hat ganz harmlos angefangen. Ich hatte um halb elf Uhr Dienstschluß, und weil ich gerade aufgelegt war – ich mein, so was kann vorkommen, da sind auch wir von der Polizei nicht ausgeschlossen – bitte, das ist privat – also, weil ich gerade aufgelegt war und der Karl, mein Kollege, Geburtstag hatte, sind wir noch privat – und in Zivil – ein bißchen ausgegangen. Na ja, das ist ja weiter nicht schlimm. Meine Frau hat sowieso vielleicht gemeint, ich komme erst um drei Uhr in der Früh heim – das ist ja öfters der Fall, nicht wahr, unsereins hat nun einmal manchmal Nachtdienst …

Kurz und gut: wir sind nach Schwabing, ich sags offen, wir sind sogar in ein Nachtlokal gegangen. Wir waren lustig, haben ein Flascherl Wein getrunken – der Kare ist ja manchmal ein rechtes Viech – ist ja nichts dabei, vielleicht haben wir auch ein bisserl getanzt, na ja, kurz und gut, mit dieser Dummheit ist es auf einmal halb zwei in der Früh gewesen. Da fällt mir ein, daß ich meiner Frau vielleicht doch gesagt hab: ich komm heut schon um elf Uhr heim. Sie ist ja manchmal ein bisserl ängstlich, in meinem Beruf ist das verständlich. Der Kare wollte mich ja noch gar nicht gehen lassen, aber da bin ich eisern. Ich hab also die Gesellschaft allein lassen, obwohl, daß es eine recht nette Gesellschaft geworden war, und ich habe mich empfohlen. Ich geh zum Park-

platz und steig in meinen Wagen. Keine Angst, ich war fahrtüchtig. Wie sollte ein Mann wie ich von drei Schoppen Wein in drei Stunden einen Rausch kriegen? Ausgeschlossen! Es war alles in Ordnung. Ich stoß zurück, bieg ein und komm zur Leopoldstraße. Ich zieh den Mantelkragen hoch, das ist so meine Art, und denk mir: sauber, aber heut hat's einen Nebel! – Kaum ist der Vordermann zu sehen. Auch ein Auto, denk ich mir und vor der Ampel komme ich direkt hinter ihm zum Stehen. Denk ich mir, da sitzt auch so ein einschichtiger Herr drin, der jetzt heim muß. Na ja, es geht keinem anders. Es kann ein jeder einmal in Schwabing sein in seinem Leben. Wir fahren wieder weiter, er dicht vor meiner. Er fährt korrekt fünfzig – wie ich meistens auch. In Ordnung, der Mann, denk ich mir. Aber plötzlich juckt es mich und ich will ihn überholen, da zieht er auch an, läßt sich nicht schnupfen und bleibt dicht vor meiner. Sauber, denk ich mir, bei dem Nebel macht man keine Spaßetteln und ich blcib hintcr ihm. Am Odconsplatz vor der Ampel steh ich wieder dicht hinter ihm. Er hat auch seinen Mantelkragen aufgeschlagen, wie ich, denk ich mir. Und der gleiche Wagen. Ja Teufel, nein, der hat ja auch seine Stoßstange ein kleines bisserl verbeult – und an derselben Stelle. Zufall. Da! Kurz bevor es gelb wird, schau ich auf das Nummernschild und lese die Buchstaben M – AL und 721. Ja Himmeldonnerwetter! Das ist ja meine eigene Nummer! Das ist ja unmöglich! – Es ist grün geworden, und wir sind weiter gefahren. Er vor mir und ich hinterdrein. Ich wisch mir geschwind über die Augen, so was kann nur eine Täuschung sein oder ein Betrug. Am Altstadtring – es sind ja noch mehrere Autos unterwegs – steht er wieder exakt vor mir. Pfeilgrad: meine Nummer. Ein Irrtum ist ausgeschlossen. Ja, ich bin doch nicht verrückt! – Ganz automatisch schreib ich mir die Nummer auf, so blöd bin ich schon vor lauter Verwunderung. Da seh ich gerade noch, wie sich der Herr da vorn in seinem Auto umdreht und sich meine Wagennummer aufschreibt. Kurios! Gott sei Dank wird es wieder grün, und wir fahren weiter. Jetzt möchte ich es aber wissen, was da los ist! Ich geb Gas und setz zum Überholen an. Er auch. Nichts geht, er läßt sich nicht überholen. Am Sendlinger-Tor-Platz, denk ich mir, steigst aus und kaufst dir das Bürscherl! Der Mann steht bestimmt auf der Fahndungsliste. – Pfeilgrad ist Rot, ich mach die Tür auf und steig aus. – Er auch! – Ich schau ihn an und er schaut mich an, wir sind keine acht Meter auseinander. Es hat zwar einen Nebel, aber soviel sehe ich doch, daß ich mir einbilde, der Mann da vorn, der hat die gleiche Statur.

Da wird's wieder grün. Ich reagiere sofort. Geschwind steig ich wieder ein und er auch! – Mein Verstand setzt für etliche Sekunden völlig aus. Und wieder gehts dahin. Die ganze Lindwurmstraße hinunter kann ich ihn nicht überholen, so oft ich's auch versuche. Allmählich wird mir die Geschichte unheimlich. Er nimmt denselben Weg. Immer biegt er ab, wenn ich auch abbiegen muß. Ich mach einen Umweg, fahr wo hin, wo ich gar nicht müßte, er auch. Kaum hab ich ihn geradeaus weiterrollen lassen, ist er in der Abbiegerstraße wieder vor meinem Kühler. In Einbahnstraßen bieg ich. Er ist Sekunden später wieder mein Vordermann. Ich kann ihn nicht abschütteln, nicht überholen, nicht stellen. Es ist die reinste Verbrecherjagd. Zefix, was ist denn das für ein verrückter Kerl! Und das mit meiner Privat-

nummer! – Und mit dem gleichen Wagen wie ich! – In der Fürstenrieder Allee, jetzt könnten wir aufdrehen, fahr ich betont langsam, zwanzig km vielleicht. Denk ich mir, das wird ihm bestimmt zu dumm, dieses Kriechen. Wie wenn wir auf Verkehrssünderposition gehen. Er auch. Er fährt exakt so langsam wie ich und allerweil dicht vor meinem Kühler. Keine zwei Meter Abstand hat er. Wir fahren obendrein in der mittleren Fahrbahn, ein Lastzug gibt Lichthupe, er will uns überholen. Überholt uns auch, weil mir alles wurscht ist jetzt. Und was passiert? Ich seh es deutlich, und die Haare stehen mir zu Berg. Der Lastzug fährt gleich, nachdem er mich überholt hat, wieder auf seine Fahrbahn und biegt scharf rechts ein – und schneidet meinen Vordermann! Was heißt schneidet? Er rammt ihn, fährt ihm in die Seite!

Da muß doch bloß noch ein Wrack übrig sein, von dem Mann seinem Wagen und er selber muß maustot sein. Aber nichts ist ihm passiert. Wie der Lastwagen weiter vorn war, war der unheimliche Vordermann wieder ganz heil und unversehrt vor mir. Der Laster ist wie durch eine Nebelschwade durch ihn hindurchgefahren. Ich hab es mit eigenen Augen gesehen. Ich kann es beschwören. Wie durch eine Nebelschwade. – Jetzt krieg ich es mit der Angst zu tun. Ich halt an. Mein Vordermann auch. Soll ich aussteigen? Das ist doch ein Gespensterwagen, da vorne! Himmellaudon! Ich schalte den Motor ab. Er auch. Ich laß den Motor wieder schnell an, gib Gas und will davon. Aber er tut das gleiche. Ich fahr jetzt siebzig. Er auch. Da kommt die Straße, wo ich wohn. Ich setz den Blinker. Er natürlich auch. Donnerwetter, jetzt wird's spannend, denk ich mir wieder. Ob Angst oder nicht, jetzt ist mir alles gleich. Ich fahr vor meine Wohnung, vor meine Garage bis auf zwanzig Meter. Alles ist still. Alles schläft. Es ist vielleicht halb drei Uhr. Ich stelle den Motor ab und warte, will sehen, was der da jetzt treibt. Und ich seh es, mit meinen eigenen scharfen Polizeiaugen seh ich es. Er steigt aus, macht die Garagentür auf, geht wieder zum Wagen und fährt in die Garage. Wie ich, mit einem Schwung, geübt, gekonnt. Keinen Tropfen Blut geb ich mehr her. Ich schalt die Scheinwerfer aus und bleib im Finstern hocken. Ich seh, wie ich, nein wie er zur Haustür geht, einen Schlüssel rauszieht und aufsperrt. Da gibt's keinen Zweifel mehr, das bin ich selber! Das ist mein unheimlicher Doppelgänger. Jetzt ist er drin. Er geht in den ersten Stock hinauf, weil ich oben wohne. Da seh ich auch, wie das Licht angeht. Jetzt steig ich aus und steig beim Nachbarn auf die Gartenmauer, um ihn ein bisserl wenigstens beobachten zu können. Jetzt ist er im Bad. Ich komm mir vor wie verrückt. Aber ich mach keinen Muckser. Endlich geht im Bad 's Licht aus. Jetzt muß er ins Schlafzimmer. Da wird gewiß meine Frau wach werden, denk ich mir und wird ihn blöd anreden. Natürlich, er macht kein Licht. – Herrgott, träum ich denn? Spinn ich? – Es ist wieder alles still jetzt. Neblig, finster, naß. Und ich rühr mich nicht vom Fleck. Da fällt mir dann doch plötzlich etwas ein. Ich hab ja das Telefon am Bett. Natürlich, jetzt ruf ich daheim an. Gleich um die Ecke ist ein Fernsprecher. Ich lauf, wähl meine Nummer und laß es läuten. Ganz heiß ist mir. – Er hebt ab und ich höre meine eigene Stimme: »Was ist denn? Mitten bei der Nacht anrufen? Hallo?« – Ich kann nichts sagen. Seine Stimme – meine Stimme –

klingt schon recht müde. Er muß schon eingeschlafen gewesen sein. »Hallo, wer ist denn da?« Mehr sagt er nicht mehr.

Aber im Hörer knallt plötzlich ein Schuß. Wie wenn er aus meiner eigenen Pistole käme, die ich im Nachtkastl liegen habe. »Hallo«, schrei ich in den Hörer. Nichts rührt sich mehr.

Jetzt bin ich hellwach. Ich häng ein und lauf heim, sperr auf und stürm hinein bei der Tür. Ob Teufel, Nebenbuhler oder Mörder, ich will die Wahrheit wissen.

Im Gang mach ich Licht. Da steht meine Frau da. Im Nachthemd und die Pistole in der Hand: Die Augen geschlossen, als wenn sie schlafen würde und nachtwandeln!

Ich nehme ihr die Waffe aus der Hand, rüttle und schüttle sie. Und es dauert lang, bis ich sie wach krieg. Endlich hab ich sie so weit. Sie schaut mich erstaunt an. »Du kommst aber spät heut? Wo warst denn so lang?« Und sie geht zurück ins Schlafzimmer und legt sich gleich wieder in ihr Bett.

Da fällt natürlich gleich mein Blick auf mein Bett. Es sieht so aus, als ob einer schon darin gelegen hätte. Aber es liegt niemand darin. Ich fasse das Plumeau an. Es hat einen Durchschuß. Ich durchsuche die Wohnung, ich finde nichs. Meine Frau hat keine Ahnung, sie hat nichts gehört und nichts gesehen. Am nächsten Tag gehen wir zum Psychiater, na ja, zu dem Doktor Wondrak in der Nachbarschaft. Er untersucht uns beide lange und gründlich. Und er schüttelt den Kopf. »Nein, nein«, sagt er, »Ihre Frau ist keine aktive Träumerin, ausgeschlossen.« Und ich muß es ihm bestätigen, sie hat noch nie unter schlafwandlerischen Umtrieben

gelitten. Alles an ihr ist normal. Die Geschichte bleibt vorläufig unerklärlich, beinahe gespenstisch. Natürlich, als Polizist kann ich nicht an Gespenster glauben. Für mich ist der Fall noch nicht abgeschlossen. Ich recherchiere weiter, auch wenn ich eines Tages einem wirklichen Rivalen begegnen sollte!

Es ist noch keiner zurückgekommen

Ob unsere Seelen unsterblich sind, kann niemand beweisen. Man kann es nur glauben. Aber wer will heut schon noch glauben. Heutzutag ist jeder ein Freigeist. Früher waren das nur die Lehrer gewesen.

Vielleicht schlafen wir nach dem Tode einen traumlosen – und zeitlosen – Schlaf? Nicht nur bis in den nächsten Mittag hinein. Sondern hundert Jahre lang. Manche vielleicht nur zwanzig Jahre. Andere wahrscheinlich tausend Jahre.

»Fünfzig Jahre reichen mir, Gertrud«, sagte Oberlehrer a.D. Franz Glück, ein noch rüstiger Achtziger. Seit drei Jahren war er Witwer, hauste aber nun doch wieder mit einer Dame zusammen, die bedeutend jünger als er und obendrein mit dem Vorzug eines mittelgroßen Automobils ausgestattet war.

»Ein sonniger Tag wird das heut, Traudl, ein recht sonniger ...«

Die Lebensgefährtin hat den regsamen Geist ihres Franzl gleich erfaßt und denkt seine Gedanken zu Ende: »Möchtest einen Ausflug machen? Warum nicht? Das tät dir bestimmt gut. Fahren wir ins Grüne wie ein ganz junges Liebespaar!«

Er wollte beides, aufs Land fahren und einen wichtigen Besuch machen.

»Ich hab dir doch schon oft erzählt davon. Der alte Pater Norbert, mein Jugendfreund von Algassing, jenem Klosterinternat, wo ich 1912 bis 1914 Hilfslehrer gewesen bin – eine schöne Zeit – der wird heuer sechsundachtzig und ist noch rüstig. – Das Benzin zahl natürlich ich.«

Oberlehrer Glück hatte in seinem Leben nie ein Auto besessen. Er hielt die Benzinkosten für die Hauptausgabe eines Autobesitzers.

»Herrgott war das eine schöne Zeit in Algassing. Wennst magst? – Es sind aber fast siebzig Kilometer!« –

»Natürlich mag ich. Und wenn du müd wirst, bleiben wir über Nacht. Die Tabletten nehmen wir mit. Ich bin hellauf begeistert von deinem Vorschlag, Franzi. Zieh deinen Sommeranzug an, und ich richt den Wagen her! Viel packen wir gar net ein, das kleine Kofferl glangt.«

Sie zeigte manchmal Reaktionen eines begeisterungsfähigen Mädchens, auch wenn ihre Spontaneität meistens sich in irdischen Handlungen gleich wieder erschöpfte.

Der alte Herr ist heute voller Erinnerung. »Er hat mir erst vorige Woch' geschrieben, der Norbert. Eine alte Freundschaft! Und Freundschaft ist Freude, sagt Epikur. – Er kann es nicht lassen mit dem Predigen. Weißt, Traudl, wir zwei sind alte Widersacher, trotz der Freundschaft! – Wir sind uns in den Haaren gelegen schon vor sechzig Jahren! – Direkt gerauft haben wir. Geistig natürlich! – Ich als junger Hilfslehrer, ein Atheist durch und durch, und er voll des Glaubens und des Eifers. Er wollt' mich allerweil bekehren. Er will es heut auch noch. – Seit seinem achtzigsten Geburtstag haben wir uns schon nicht mehr gesehen.«

Der alte Freigeist lächelte. Daß gerade er, der die Unsterblichkeit der Seele tief bezweifelte, zu einem frommen Gottesmann eine so treue Freundschaft empfinden konnte, erregte ihn freudig.

So fuhr das betagte Pärchen durch die brütenden Straßen der großen Stadt hinaus ins bäuerliche Land. Sie fuhren vorsichtig und langsam. Selbst von Lastzügen wurden sie überholt. Aber sie kamen dennoch vom Fleck und dem ersehnten Ziel, dem Kloster Algassing, von Stunde zu Stunde näher. In der Post in Dorfen aßen sie zu Mittag. Ihre Unterhaltung war angenehm ausgefüllt von den Erinnerungen an die jugendliche Freundschaft mit dem Pater Norbert. Der alte Herr Oberlehrer kam aus dem Erzählen nicht mehr heraus. Und auch Frau Gertrud verspürte für Augenblicke die wahren Freuden der epikureischen Philosophie.

»Ist's nicht wunderschön unter den Kastanien in einem alten Wirtsgarten? – Darfst schon noch ein kleines Bier trinken, Franz, heut ist's so schön, daß sogar deine Leber eine Ruhe geben muß! – Prost, Schatzerl!«

»Poesie ist Erinnerung«, seufzt melancholisch der Herr Pensionär. »Ich hab dir schon erzählt, daß mich mein Vater, der Herr Major a. D. – er hat zu spät geheiratet, kurz vor dem Tode meiner Mutter –, daß er mich dann nach Algassing in die Volksschule geschickt hat. Du weißt auch, daß er nie termingerecht bezahlt hat, mein alter Herr! Und wie mich aber die Algassinger Patres doch ins Lehrerseminar geschickt haben. – Und daß ich freilich hernach als Junglehrer drei Jahre umsonst bei ihnen hab Schule halten müssen. – Damals hat es angefangen, unsere alte Freundschaft. Er, der Pater Norbert, ein feuriger, junger Theologe. – Und ich:

Schopenhauer und Nietzsche im Kopf. Ich war auch nicht schlecht ausgerüstet.

Die letzten Fragen, weißt, Traudl, die allerletzten Fragen, die ist er mir schuldig geblieben. Ich kenn das. Wenns ums Jenseits geht, da bin ich hart. Da gibt es bei mir kein Apriori. Da läßt sich alles bestenfalls bezweifeln oder glauben, was am Ende dann aufs gleiche hinausläuft.«

Er hat sein Leben lang darüber nachgedacht, er würde seine Ansichten nicht mehr revidieren müssen.

»Magst noch ein bißchen Gurkensalat, Schatzerl?«

Traudl macht sich während des Essens nichts aus der Philosophie, eine richtige Diät ist ihr wichtiger.

»Komm, sei lieb, Franzi, iß dein Fleisch auf, es ist recht zart, das verträgst du ganz bestimmt.«

Der alte Herr aber läßt sich von den letzten Gedanken nicht ablenken. Obschon er auch mit Genuß seinen Teller leert. »Wenn er ehrlich ist, der gute Norbert, dann muß er mir das heut zugeben, daß ich meinen Mann gestellt hab in der Disputation über das ewige Leben. Kein Apriori in jenseitigen Geschichten hab ich ihm durchgehen lassen. Ja nicht einmal ein Posteriori! – Da ist er dann hitzig geworden, und der Seelsorger ist mit ihm durchgegangen. Er ist eben doch ein lieber Mensch! Ich weiß es noch wie heut, auf dem Weg von Algassing nach Kalling gleich da hinten, vielleicht vier Kilometer weit, dort hinter dem Wald, sind wir immer spazierengegangen. Und wo die Straße eine kleine Höhe erreicht, da steht ein Feldkreuz und eine Bank dabei. Ich bin neugierig, ob Bank und Feldkreuz noch vorhanden sind. Das wär schön! – An diesem Fleck also sind wir einmal – ach was sag ich, einmal? –, hundertmal sind wir da stehengeblieben und haben geredet und geredet und disputiert, ob Himmel, Hölle und Gericht. Und einmal besonders ...«

»Bittschön, Franzl, iß doch dein Fleisch, es wird ja schon ganz kalt! – Und beiß es gut! Sonst wirst du nicht so alt wie Pater Norbert.«

Sie verstand es, das Alltägliche gelegentlich mit einem Hauch von persönlicher Geistigkeit zu garnieren, was den Philosophen gleich wieder sehr entzücken konnte.

»Einmal haben wir über die Gottesbeweise disputiert. Ich hab ihm natürlich jeden einzelnen widerlegt. Und er hat immer wieder einen neuen gewußt, denn ein Dummer ist er nicht der Pater Norbert. Ich hab oft zu ihm gesagt, er hätte eigentlich auf eine Universität gehört. – Aber wie er jetzt gar nicht mehr aufgekommen ist gegen meine atheistischen Hartnäckigkeiten, da hat es ihn so sehr gepackt, daß er sich beinah' vergessen hat. Er hat sich damals mit seinen Jenseitsbeweisen geradezu lächerlich gemacht. Mich widert die Erinnerung an jene Szene vor dem Feldkreuz heute noch ein bißchen an ...«

Er ergriff das kleine Bierglas und nahm unwillig einen kleinen Schluck.

»Franzi, ist das Bier nicht doch zu kalt? – Brauchst dich nicht genieren, trotz der Hitz nicht, ich lass' dir einen Bierwärmer bringen. Meinst nicht auch?«

»Nein, danke, Traudl.« Und seine Augen bekommen plötzlich einen gewissen Glanz. –

»Wie wir so dahinstreiten, kommt der Lerchebauer daher, die Sense geschultert, und hört uns zu. Wir stritten wie üblich grad über das Weiterleben der Seele nach dem Tode. Und daß es eine Ewigkeit gibt und ein persönliches Gericht. – Das hab ich natürlich leugnen müssen. Da packt der Norbert auch den Lerchebauern an und sagt: ›Bauer, du bist ein einfacher Mensch, was sagst du, was fühlst du?‹ – So hat er heftig den Landmann gefragt. Wie sieht es im Jenseits aus? Was erwartet uns dort? – Und was meinst du, Schatzerl, daß der Lerchebauer geantwortet hat?«

Traudl bemühte sich, großes Interesse zu zeigen. Und Herr Glück kostete diese spannenden Sekunden gierig aus.

»Eine Prise Schnupftabak hat er genommen und hat dann gesagt: ›Ja mei, Pater Norbert, da muaß i an Herrn Lehrer direkt recht gebn: zruckkemmen is no koaner von da drent!‹ – Er sagts und geht mit seiner Sense davon.

Jetzt aber hat den Norbert erst der Eifer gepackt. Ich höre ihn noch heut, obwohl es schon sechzig Jahre her ist! – Aber was sind sechzig Jahre sub specie aeternitatis? –

Er ist auf die Bank unterm Feldkreuz gestiegen und hat das Predigen angefangen als stünde er auf einer Kanzel mitten unter den Heiden.

›Franz, das Leben der zukünftigen Welt ist Wirklichkeit! Ach, könnt ich dir's doch beweisen! Könnt ich dir's doch beweisen!‹

So hat er ausgerufen mit ausgebreiteten Armen. Und dann betete er und seufzte: ›Herr, gib mir die Gnade eines Beweises der Unsterblichkeit unserer Seelen!‹

Und ich hab ihm von der blanken Erde aus, vom Wiesenboden des Lerchebauern aus, entgegengehalten:

›Es läßt sich nicht beweisen, Norbert!‹

Da hat er noch lauter gepredigt wie ein Afrikamissionar.

›Das Gericht, Himmel, Hölle und Fegfeuer, alles ist so wirklich wie diese Bank da.‹

Und seine Augen haben gefunkelt. Aber ich blieb seelenruhig und erwiderte darauf: ›Ist sie denn so wirklich, dieses Ding an sich, Herr Theologe?‹ – Mit mir ist er nicht fertig geworden, Traudl! – Niemals ist er das. Und heute noch ist er seinen Beweis schuldig geblieben. Es ist noch keiner zurückgekommen, er hatte es zu deutlich gesagt, der Lerchebauer.«

So temperamentvoll hat ihr Franzl schon lange nicht mehr geplaudert. Unheimlich werden ihr die Erzählungen.

»Schatzerl, Schatzerl, jetzt schütt' das Bier net um! – Wollen wir nicht zahlen, hm?«

Er hat noch wesentliche Nachtragungen zu machen. Tischgespräche können ausführlich werden.

»Laß dir das noch z'End erzählen! Er hat sich schließlich mit großer, ernster Geste an das Kreuz hingestellt und hat gesagt: ›Lieber Freund‹, – der pensionierte Oberlehrer macht die Stimme seines Jugendfreundes nach, – »ich bin der ältere, wenn es mir erlaubt ist, daß ich vor dir sterben werde, so will ich dir erscheinen und dir Bericht tun von der Ewigkeit und dem persönlichen Gericht. Ich werde es nicht vergessen, ich werde dir erscheinen, so wahr ich der Pater Norbert von Algassing bin.‹

So hätte Pater Norbert damals gesprochen. Einmal sei er noch weiter gegangen und hätte es beschworen:

›Wenn es keine so große Sünde wäre, Franziskus Glück, ich würde mich auf der Stelle entleiben, um den Beweis, den du immer forderst, herüberzubringen. Auf der Stelle‹, hat er gesagt. ›Und hier auf dieser Bank unter dem Kruzifix möchte ich dir auf der Stelle erscheinen‹, hat er gesagt ...«

Das Tischgespräch fing an monoton zu werden. Sie winkte der Kellnerin. Jetzt hielt es Frau Gertrud nicht mehr länger aus in dem Dorfener Biergarten.

»Ich möcht mit ihm noch einmal einen Disput führen. Er hat mir letzte Woche nämlich geschrieben, daß der heilige Hieronymus gesagt haben soll, die Prophetie stamme von einem guten Dämon, von einer guten Seelenkraft her. Aber immerhin von einem Dämon! – Darüber muß ich mit ihm reden. Propheten sind meistens gefährliche Leut in einer noch gefährlicheren Welt ...«

Endlich konnten sie weiterfahren, über Hampersdorf nach Rettenbach. Sie parkten den Wagen im geräumigen Hof des Lerchebauern. Von da aus waren es bis zum Kloster nur noch zwei Kilometer, und das kaum befahrene Sträßlein gleicht einem zwischen Feld und Wald sich dahinschlängelnden Bauernweg.

Das Wandern war eine Lust für den alten Freigeist. Jeder Stein kam ihm bekannt vor. Wo der Weg die Höhe erreicht und den Blick auf das Kloster Algassing freigibt, aus dem heute ein Pflegeheim geworden ist, kommen sie genau zu dem Punkt mit dem Feldkreuz und der Ruhebank. Der greise Schulmeister ist glücklich. Und auch seine Begleiterin, seine Lebensgefährtin für die letzten Jahre und Monate, atmet auf. Sie setzen sich auf die Bank.

»Ein bezauberndes Fleckerl!« Frau Gertrud plättet ein Tüchlein auf die alte Bank.

»Ja, ja, ich kenn's.«

Franz Glück nickt befriedigt in die schöne Landschaft hinaus. Und gleich war er wieder bei seinem Thema.

»Der wird schaun, der Norbert, wenn er uns kommen sieht! – Den Punkt mit der Prophetie, den müssen wir nämlich noch klären.«

Sie versucht, ihn von seinen Gedanken abzulenken und sagt: »Da schau, ein Fasan! Ein herrlicher Fasangockel. Und sogar mehrere Weibchen dazu ... Großartig!«

Es nützt nichts. Er bleibt bei seinen philosophischen Grübeleien.

»Da sind wir gesessen, auf dieser Bank. Und dort am Kreuz ist er gestanden, hat die Hände ausgebreitet und ganz ernst und feierlich gesagt: ›Ich erscheine dir, wenn ich tot bin. Und dann sollst du wissen, daß es einen Gott gibt und eine Ewigkeit!‹

Neugierig bin ich, ob er sich noch daran erinnert?«

Plötzlich nähert sich das Motorengebrumm eines Automobils.

»Da schau, was da daherstaubt! Um Gottes willen! Das ist ja ...«

Frau Gertrud verstummt.

»Ein Leichenauto?« Er sagt es ohne Furcht.

»Ein Totenwagen!« Sie ist ziemlich erschrocken.

»Und fährt ins Kloster Algassing? – Komm, Traudl, führ mich, gehn wir!«

Also gingen sie schweigsam und neugierig nach Algassing hinunter. Sie schafften es in fast einer Viertelstunde. Im Klosterhof stand noch der Leichenwagen. Der Bruder Pförtner gab ihnen die erschütternde Auskunft, daß Pater Norbert eben von Dorfen her überführt worden sei. Und er würde gerade im Kreuzgang aufgebahrt. Vorgestern erst hätte man ihn, den siebenundachtzigjährigen, ins Krankenhaus gebracht, wo er gestern abend verschieden sei. Requiescat in pace! –

Man führte den Freund an die Bahre des Freundes. Der Oberlehrer sah ihn lange an. Sein greises Atheistenhaupt mit der schön profilierten Nase neigte sich dem gläubigen, mönchischen Antlitz zu, das bereits von der Ewigkeit gezeichnet war. Seine Augen verrieten Freundschaft. Seiner Begleiterin aber war das Erlebnis unheimlich geworden.

»Mein Gott, Schatzerl, es gibt also doch einen Gott und eine Ewigkeit?! – Komm, ich fürcht mich ... Er ist dir erschienen, wie er es dir immer vorausgesagt hat.«

Franz Glück, der pensionierte Oberlehrer aber war ein hartgesottener Atheist und konnte so eine simple Schlußfolgerung nicht durchgehen lassen. Er winkte mit der Hand abfällig und schüttelte lange den Kopf.

»Unsinn, Traudl, das ist alles Zufall, das Zusammenprallen zweier Kausalketten. Ich halte es mit dem alten Lerchebauer. Es ist noch keiner zurückgekommen. Die Unsterblichkeit der Seele bleibt weiterhin unbewiesen, man kann sie nur glauben.«

Heirate nicht mehr!

Heutzutage bedienen sich manche Gespenster moderner und modernster Medien! – Sie können es glauben oder nicht – und wer selber noch nie eine unheimliche Erscheinung erlebt hat, der glaubt es meistens nicht – vor vierzehn Tagen genau war es ein Jahr, am Abend um halb zehn Uhr war es, erscheint der noch jugendlichen Witwe Frau Gabriele Zet, einer neueren Bekanntschaft von mir, ihr vor zwei Jahren verstorbener Mann Otto. Und das auf die unglaublichste Art und Weise! – Sie hat mich sofort angerufen und hat mir das unerhörte Erlebnis atemringend und noch voller Todesangst erzählt.

Sie hatte es sich auf dem Sofa ihres Wohnzimmers bequem gemacht, hatte sich ein Gläschen Klosterlikör eingeschenkt, sich obendrein in eine wollene Decke gehüllt und hatte den Fernseher laufen.

Auf dem Programm stand gerade ein englischer Kriminalfilm. Eben war das zweite Opfer ermordet worden, und der Kriminalkommissar betrat gerade das Schlafzimmer. – Er sah sich die Leiche kurz an und drehte sich dann blitzschnell um und kam groß ins Bild. Gabriele fuhr entsetzt auf, riß die Augen auf und stieß einen markerschütternden Schrei aus. – Das war ja auf einmal gar nicht der Kommissar, das war ja ihr verstorbener

Mann Otto! – Um Himmels willen! – So was ist doch nicht möglich! – Aber schon stand er groß im Bildschirm, bildfüllend! Und da! Er sieht sie an, streckt die Hand nach ihr aus und sagt mit unheimlich deutlicher Stimme, langsam und laut und wie aus einer anderen Welt:

»Gabriele! Bleib lieber allein! Der Hans ist ein Lump!« Dazu blies ein grausam kalter Wind aus dem Bildschirm.

Um Gottes willen! Für einen Augenblick schließt sie die Augen. Ihr Herz schlägt wie wild, und sie verspürt eine unheimliche Angst. Und wie sie wieder auf den Bildschirm sieht, läuft dort der Krimi weiter, als ob nichts gewesen wär! – Der Kommissar macht sich Notizen, und seine Assistenten fotografieren und vermessen die Ermordete, untersuchen das Zimmer nach Fingerabdrücken. Und schon kommen die Männer mit dem Blechsarg. Der Film nimmt seinen Fortgang.

Gabriele, endlich wieder fähig, sich zu rühren, springt auf, schaltet den Apparat ab, trinkt das Glas Likör aus, greift sich an die Stirn, rennt schließlich ans Telefon und ruft mich an. Sie ist außer sich. Nur mit Mühe kann ich ihr das Erlebnis ausreden. Sie will nicht mehr in ihrer Wohnung bleiben. Die Nacht nicht mehr in ihrem unheimlichen Appartement verbringen. Da verspreche ich ihr meinen Besuch. – Sie geht mir entgegen, ist noch ganz aufgeregt, sieht blaß aus, zittert. Ihre Hand ist feucht und eiskalt. Ich führe sie wieder hinauf in ihre Wohnung. Ich möchte sie von der Grundlosigkeit ihres Schreckens überzeugen. – Wahrscheinlich sei es doch nur ein Traum gewesen. Uns allen passiert es ja gelegentlich, daß wir selbst auch während eines englischen Kriminalfilms einschlafen.

»Nein, nein, nein, ich war hellwach«, sagt sie dreimal hintereinander.

»Ich war hellwach, er war in Großaufnahme zu sehen, und er hat die Hand nach mir ausgestreckt!« Gabriele ist niemals hysterisch. Ihre Erregtheit ist echt. »Dazu der eiskalte Sturmwind!«

»Was hat er denn angehabt?« will ich wissen.

»Seinen grauen Anzug mit der Dienstmütze«, antwortet sie, ohne sich auch nur eine Sekunde besinnen zu müssen.

»Dann war es eine Art telegener Fata Morgana«, sag ich, um nur irgendeine harmlose Erklärung zu nennen.

»Telegespenster jedenfalls gibt es noch nicht, Gabriele.«

»Warum nicht?« erwidert sie hektisch, »Otto hat ja vier Jahre lang beim Fernsehen gearbeitet. Wenn auch nur als Chauffeur. Als Chauffeur, zeitweilig sogar des Hcrrn Fcrnschdircktors!«

Trotz der immer noch deutlich spürbaren Unheimlichkeit, die im Zimmer vorhanden war, konnte ich ein Lächeln nicht unterdrücken. Der verstorbene Chauffeur eines pensionierten Fernsehdirektors wird zum ersten Telegespenst der Welt! Und das ausgerechnet der verstorbene Mann meiner neuen Bekanntschaft Gabriele. Ich hatte ihren Otto selig nicht gekannt und wußte auch nichts Näheres von dessen Existenz. Freilich, das Leben kennt die merkwürdigsten Zufälle! Ich schaltete den Fernseher ein.

»Nicht!« rief sie und drückte die Taste wieder aus.

»Doch«, sagte ich, »in meiner Gegenwart wird nichts mehr passieren. Und wenn du merkst, daß es nicht mehr ›weierzt‹, wirst du bestimmt in aller Seelenruhe schlafen können.«

Sie ließ es geschehen, und wir saßen zu zweit auf dem Sofa. – Krampfhaft hielt sie mich umschlungen. Und allerlei Zweifel stiegen in mir auf. Diese schreckhafte Person hätte ich auch nicht gerade kennenlernen müssen, ging es mir durch den Kopf. – Der Kriminalfilm lief noch und eben schrie das dritte oder vierte Opfer auf und blieb dann bewegungslos liegen. – Vom Täter sah man keine Spur, nur seine große Schuhe glänzten unheimlich auf. – Und dann kam wieder der Kommissar. Gabriele preßte ihre Finger krampfhaft in meinen Arm. Und dann schrie sie auf wie eine, die am Messer steckt.

Tatsächlich! Der Kommissar dreht sich rasch um, schreitet auf uns zu, füllt den ganzen Bildschirm aus und, er ist ein anderer, ein etwa vierzigjähriger Mann, die Schirmmütze in die Stirn gezogen, ein legerer netter Typ. Seine Augen blinzeln gutmütig. Ich sehe ihn deutlich. Jetzt streckt er die Hand aus und fängt zu reden an. Jetzt stehen auch mir die Haare zu Berg. – Denn unheimlich klingt diese Stimme, wie aus einer anderen Welt! Und dennoch recht deutlich, langsam und herausfordernd laut.

»Gabriele, bleib lieber allein, der Erich ist auch kein Gescheiter!«

Dazu blies mir ein eiskalter Wind ins Gesicht.

Das darf nicht wahr sein! – So etwas ist doch unmöglich. – Für so etwas gibt es doch keine Erklärung! – Weder eine wissenschaftliche noch eine volkstümliche! – Ich fühle deutlich meine ungeheure Erregung. Auf dem Bildschirm läuft der Kriminalfilm weiter. Wie abgeschnitten hat sich der Spuk wieder in den Kommissar

verwandelt. – Die vierte Frauenleiche dieses spannenden, englischen Kriminalfilms wird gerade in den Blechsarg gelegt. – Nun schalte auch ich den Apparat ab. Gabriele liegt wie ohnmächtig auf dem Sofa. – Ich schenke ihr ein Glas Likör ein. – Trinke selber rasch eines. – »Das sind ja interessante Botschaften, die du da aus dem Jenseits mittels Fernsehsonderschaltung empfängst«, sage ich grimmig, aber ohne Eifersucht. –

»Wahrscheinlich über Satelit, hm?« – Sie schluchzt und steckt ihr Gesicht in die Kissen.

Ich bohre weiter.

»Soll ich noch mal einschalten, gnädige Frau? – Vielleicht gibt es eine fünfte und sechste Leiche? Und dazu jeweils einen Hans oder Erich oder Egon? Vielleicht warnt er dich auch vor mir?«

»Hör auf«, schrie sie plötzlich, »ich hab das Trauerjahr nicht eingehalten!«

Gabriele schlief nicht mehr in ihrer Wohnung. – Sie zog vorübergehend zu einer Freundin, später nahm sie sich ein neues Apartment, eines, in dem ihr verstorbener Mann niemals gewesen war. – Und sie hat sowohl dem Erich wie dem Hans einen Korb gegeben, hat pietätvoll, wenn auch verspätet, ein Jahr lang um den bereits vor zwei Jahren verstorbenen Ehemann Otto getrauert, hat für ihn jeden Monat eine Messe lesen lassen und auch jede Woche mit Blumen sein Grab aufgesucht – und ist nun wieder völlig ruhig – und sogar glücklich verlobt.

Auch vor dem Fernsehen hat sie keine Angst mehr. – Wahrscheinlich heiratet sie doch bald wieder.

Die Waschmaschine

Sophie Fitzinger, eine sechsundvierzigjährige Witwe, besitzt in der Elvirastraße ein Reihenhaus. Ihr jäh verstorbener Mann Arthur hatte ein Elektrogeschäft, verkaufte Elektrorasierer, Küchenherde, Mikrowellenapparate, Radio- und Fernsehgeräte, Waschmaschinen und Wäschetrockner, CD-Player und Lockenstäbe. Elektrokochtöpfe, Lampen aller Art, Bügeleisen und noch anderes.

Er hatte ihr das Häusl voll elektrifiziert eingerichtet hinterlassen. Auch schuldenfrei und zusätzlich mit einer Telefonanlage mit vier Anschlüssen: einen im Wohnzimmer, einen in der Küche, einen in dem im Keller neben der Waschküche sich befindlichen Bügelzimmer und einen im Schlafzimmer im ersten Stock.

Frau Sophie betrauert und beweint ihren Arthur nun bereits seit zwei Jahren. Jede Woche besucht sie sein Grab und ist kaum zu trösten. Im Nachbarhaus wohnt ein Polizeikommissar mit Frau und Kindern mit dem Namen Reichelt. Er war ihr bei der Aufgabe des Geschäftes behilflich gewesen. Sie hat für den Laden eine gute Abfindung bekommen. Die hohe Lebensversicherung läßt sie sich in monatlichen Summen von 1500 Mark ausbezahlen. Dazu hat sie noch in Österreich ein respektables Nummernkonto mit Schwarzgeld. Es geht ihr gut in ihrem Reihenhaus. »Ich sähe sie gern wieder unter der Haube«, meint der Nachbar Polizeikommissär. Aber sie schenkt ihm kein Gehör.

Bei Frau Sophie findet kein Gespenst eine Ursache zu rumoren. Sie fürchtet sich nicht. Außer den Nachbarn, dem Polizeikommissär Reichelt und dessen Frau Sieglinde, ist sie mit niemanden befreundet. Sie kennt zwar noch zahlreiche Leute, die einmal Kunden in ihrem Laden gewesen sind, im Laden ihres Mannes, in dem sie oft ausgeholfen hat. Tochter Ilse lebt in der Landeshauptstadt mit einem Referendar zusammen und besucht sie selten. Sie ist Sekretärin in der kaufmännischen Abteilung eines Großhandelsgeschäftes. Sie verdient respektabel. Wenn nur ihr Referendar endlich die zweite große Staatsprüfung bestünde! Den Herrn Pfarrer kennt sie natürlich. Von gelegentlichen Gottesdienstbesuchen und von der Beerdigung Arthurs her.

Frau Sophie schaut auf sich, obwohl sie kaum ausgeht, ist sie gut gekleidet und achtet besonders auf ihre Unterwäsche. Die Sachen ihres Mannes hat sie fast alle weggeschenkt an die Caritas. Und dann passiert dennoch plötzlich etwas Außergewöhnliches. Sie öffnet den Wäschetrockner, und statt ihrer Wäsche sind da drei Männerunterhosen drin! Außerdem drei Männerunterhemden und ein Schlafanzug mit der unter dem Kragen eingestickten Inschrift: »Reinhardt« – mit dt geschrieben.

»Das ist aber merkwürdig«, denkt sich Frau Sophie und wendet die Herrenunterwäsche hin und her. »Eine ordentliche Wäsche! Aber ich kenne keinen Reinhardt. Habe noch nie einen solchen gekannt.« – Sie hofft, der Irrtum werde sich aufklären. Vielleicht hat irgend je-

mand ihre Waschmaschine benützt? – Nur die Nachbarin hat für den Notfall die Schlüssel fürs Haus. Sie muß lachen. Der Herr Reichelt heißt aber Horst und nicht Reinhardt. Außerdem würde Frau Sieglinde niemals ihre Waschmaschine benützen.

Sie geht ins Bügelzimmer und bügelt die fremden Unterhosen. Auch die Unterhemden und den Schlafanzug mit dem Namen Reinhardt. – Dann läßt sie die fremde Wäsche auf dem Bügelbrett liegen, schichtet sie ein paarmal um. Erst liegt der Schlafanzug unten, darauf kommen dann die Hemden und endlich die drei Herrenslips, die schönen weißen mit angeschnittenem Bein.

Kopfschüttelnd geht sie nach oben ins Wohnzimmer und schaltet den Fernseher an. Auch der spannende Krimi bringt sie nicht auf andere Gedanken. Die fremde Unterwäsche zieht sie immer wieder in den Keller, ins Bügelzimmer. Die Fenster im Waschhaus sind geschlossen. Da kann niemand hereinsteigen. Wieder im Bügelzimmer greift sie zum Telefon. »Liebe Frau Sieglinde, meine Nachbarin, darf ich dich fragen, ob jemand Fremder meine Waschmaschine benutzt haben könnte? – Du natürlich nicht. – Ja, ja, ich weiß, es ist eine seltsame Frage. Aber als ich heute morgen die Wäsche aus dem Trockner hole, sind da Herrenunterhosen dabei. Ich leide doch nicht an Halluzinationen! – Nein, ich kenne niemanden. Ich trauere immer noch um Arthur. Sag nichts deinem Horst, bitte, sonst macht es der gleich zu einem Fall. Es wird sich schon eine Erklärung finden!«

Sie legt auf und schichtet die fremde Wäsche wieder um. Dann legt sie diese sogar in den unteren Wäscheschrank, auf ihre peinlich saubere Bettwäsche. Sie geht einkaufen. Nur daß sie auf andere Gedanken kommt. Sie will heut nicht kochen, sie ißt stehend im Schnellrestaurant. Ein Herr will mit ihr ein Gespräch anfangen. Sie gibt ihm keine Antwort, läßt lieber die halbe Portion wegräumen und geht rasch heim, schaltet wieder das Fernsehgerät ein und nickt beim Programm mittagsschläfrig kurz ein.

Wieder zieht es sie in den Keller. Was soll sie mit dieser hereingezauberten Herrenunterwäsche nur machen? – Sie entnimmt sie dem Bettwäscheschrank und stapelt sie wieder aufs Bügelbrett. Auf der Treppe kehrt sie um, nimmt den kleinen Wäschestoß und legt ihn auf den einzigen Stuhl im Bügelzimmer. Dann geht sie rasch zu Bett. Sie kann nicht schlafen, wählt die lange Nummer ihrer Tochter, bekommt aber keine Verbindung. Sie legt auf und ängstigt sich um ihre Gesundheit. Mein Gott, ich bin doch nicht verrückt?

Sie blättert im Telefonbuch, im Branchenverzeichnis. Und findet eine halbe Seite Psychotherapeuten vermerkt. Sie notiert sich zwei Nummern von Praxen in ihrer Nähe. Dann kann sie kurz einschlafen. Da sie wieder erwacht, es ist erst halb vier Uhr, eilt sie sofort wieder in den Keller. Vielleicht ist die unheimliche Herrenunterwäsche verschwunden? Und alles war nur ein Traum? Leider nein. Sie findet den Packen auf dem Kellersessel. »Das ist ja entsetzlich«, ruft sie unwirsch aus und legt die Wäschestücke wieder auf den Bügeltisch.

Endlich wird es sieben Uhr. Sie telefoniert mit Ilse, vertraut sich ihrer Tochter an. Die lacht sie aus. »Mama, du leidest wirklich an Wahnvorstellungen. Dazu bist du noch zu jung. Du hast mich mit zweiundzwanzig geboren, und jetzt bist du mit knapp sechsundvierzig allein. Dir fehlt auch eine rechte Freundin. Glaub mir, das sind Halluzinationen. Geh wenigstens zu einem guten Psychotherapeuten. Der macht dich wieder katholisch. Ich werde, wenn du's erlaubst, deinen Fall auch mit Rainer beraten. Und Ostern kommen wir, Servus!«

Ein kleiner Trost war ihr Gespräch. Sie ging an diesem Abend nicht mehr in den Keller, schlief nicht schlecht und fand sich den übernächsten Tag um fünfzehn Uhr bei Dr. Mandziora zur ersten therapeutischen Sitzung ein. Dr. Mandziora war kein Freudianer mehr, sondern ein aufgeschlossener, universell gebildeter Seelenfreund.

»Meine liebe Frau Sophie Fitzinger, Sie glauben also, wegen dieser faktischen Herrenunterwäsche in Ihrer Waschmaschine an Halluzinationen zu leiden?« Mit diesen Worten begann er die Sitzung. Dann aber befragte er sie nach ihren Trinkgewohnheiten. Wie regelmäßig sie sich in sogenannte Alkoholdelirien flüchte? –

»Niemals, Herr Doktor, ich trinke nur Tees und Mineralwasser.« Auch Tabletten nehme sie keine.

Er nickte ernst mit seinem bebrillten Haupt. »Dann muß ich Sie in eine Klinik überweisen. Es sei denn, Sie verheimlichen mir das Wesentliche: Wem haben Sie nach stattgehabtem – oder von Ihnen auch verweigertem – Beischlaf die Herrenunterwäsche entwendet? – Das müssen Sie mir sogleich eingestehen. Denn faktische Ehrlichkeit gehört zum Wesentlichen der Behandlung einer Kleptomanie. Ich hoffe für Sie, Sie leiden nur an einer neurotischen Kleptomanie und nicht an einer psychotischen Erkrankung!«

Er forderte Frau Sophie wiederholt auf, sich zum Beischlafdiebstahl einer kleptomanen Neurose zu bekennen.

»Es ist ganz natürlich daß Sie es nicht gestehen wollen, gnädige Frau. Sie werden einfach getrieben, ihren rasch wechselnden Männerbekanntschaften die Unterwäsche zu stehlen.«

Der Besitzer des Schlafanzuges mit dem eingestickten Namen Reinhardt müsse ja keinesfalls identisch sein mit den Besitzern der Unterhosen beziehungsweise jenen der Unterhemden.

»Ists diese Neurose Ihrer eigenartigen Kleptomanie, dann werde ich Sie in zehn Sitzungen geheilt haben, Frau Fitzinger. Sie leiden mehr an einem Borderliner-Syndrom als an einer Neurose. Schildern Sie zuallererst irgend einen Unterhosendiebstahl. Genieren Sie sich nicht!« –

»Ich habe die Unterwäsche nicht gestohlen, Herr Doktor. Und Männerbekanntschaften habe ich seit Arthurs Tod keine gehabt. Mit meinem Nachbarn vielleicht hätte ich eine solche wohl haben können. Aber ich habe das wegen der Ehrlichkeit zu meiner Nachbarin Sieglinde strikt abgelehnt. Jetzt ist Herr Polizeioberkommissär Horst sehr ordentlich.«

»Anhan, Polizeioberkommissär Horst war der erste Mann, dem Sie die Unterhosen geklaut haben. Reden Sie weiter, wir dringen langsam in die Neurose ein. Wie hieß der letzte Freund, dem Sie die Unterwäsche geklaut haben?«

Jetzt war es der Frau Sophie zu viel. Sie erhob sich von der Couch und wollte sich verabschieden. Aber das ging nicht so schnell. Der Doktor hielt sie zurück und bohrte weiter. Er bestand darauf, daß sie ihm Unwahrheiten berichtete. Sie log und beichtete drauflos, und Dr. Mandziora war geradezu glücklich. – Erst nach einer guten Stunde durfte sie sein Haus verlassen. Sollte allerdings nächste Woche wiederkommen.

Unter gar keinen Umständen würde sie dieses Haus noch einmal betreten! Lieber ginge sie gleich in die Nervenklinik. Aber sie leidet nicht an Schizophrenie und auch nicht an Halluzinationen, denn die unheimliche Herrenunterwäsche ist tatsächlich vorhanden. Sie eilt gleich in den Keller, um auf dem Sessel nachzusehen. Da liegen sie gottlob tatsächlich, die drei Herrenslips, die drei Herrenunterhemden und der Schlafanzug mit dem eingestickten Namen Reinhardt. Sie schichtet das ihr immer unheimlicher werdende Wäschepaket auf das Bügelbrett, macht sich Kaffee, geht dann wieder in das Bügelzimmer hinab und sperrt die gespenstische Wäsche in den Bettwäscheschrank. Fröhlich setzt sie sich dann vor den Fernseher und sieht eine amerikanische Komödie, in der eine sehr anständige Prostituierte die Hauptrolle spielt. Nein, nein, sie leidet nicht an Halluzinationen. Gott sei Dank nicht! Sie beschließt, die fremde Wäsche der benachbarten Frau Sieglinde zu zeigen. Wenn die sie auch realisieren kann, ist sie gesund, steckt eine andere Unerklärlichkeit dahinter. Nicht unbedingt eine Spitzbüberei, aber immerhin ist sie dann nicht psychotisch krank.

Sie telefoniert mit der Frau Nachbarin. Und weil sie Frau Sieglinde schon fast eingeweiht hatte, kommt diese auch sofort herüber. Auch sie sieht die Wäsche, lobt den sauberen Zustand derselben und findet auch eine Erklärung. »Wissen Sie was, Frau Sophie, die Wäsch gehört dem juristischen Freund Ihrer Fräulein Tochter Ilse. Die waren doch erst zu Weihnachten dagewesen. Wie die jungen Leute sind, er hat sie vergessen. Oder Sie haben sie ihm zum Weihnachtsgeschenk gemacht und Sie wollten die Wäsch erst waschen und bügeln. Sie sieht ja auch wie nagelneu aus. Rufen Sie die Ilse an, Frau Fitzinger! Ihre Tochter wird sich daran erinnern. Wir werden eben alle mit jedem Monat ein wenig älter und vergeßlicher.«

Das war eine Erklärung. Aber eine ganz und gar unbrauchbare, denn Frau Fitzinger hatte den beiden Kindern ein schönes Geldgeschenk gemacht. Unterwäsch sollen sie sich selber anschaffen. Sophie ließ die Frau Nachbarin in ihrem Glauben. Sie war froh genug, daß die Unterhosen wirklich vorhanden waren und sie nicht an psychotischen Halluzinationen erkrankt war.

Nachts fiel ihr plötzlich der Beichtstuhl ein. Hat doch der Herr Geistliche Rat in der letzten Osterpredigt so warm die Beichte empfohlen. Sie kann sich noch erinnern. Er hat ausgerufen: »Immer, wenn du meinst, es geht nicht mehr weiter, dann, du lieber Schwerbeladener, geh nicht zum Psychotherapeuten, komm lieber in den Beichtstuhl, und du wirst nicht nur losgesprochen, du wirst freigesprochen und gesund gemacht!«

Der Herr Stadtpfarrer würde ihr helfen. Das spürte sie sofort. Und dann würde sie die unheimliche Wäsche der Caritas schenken, und in ihrem Haus wäre wieder Ordnung und Ruhe. Gleich am nächsten Sonntag wollte sie beichten. Aber in der ganzen Kirche mit den acht Beichtstühlen war keine Beichtgelegenheit. Da rief sie den Herrn Geistlichen Rat einfach an. Sie durfte sofort kommen. Es fand eine herzliche Aussprache statt. Sie sagte ihm alles. Er nickte nur, gab ihr drei Vaterunser zur Buße auf und sprach sie los. Zum Abschied nahm er ihre beiden Hände und sagte: »Und jetzt, Frau Fitzinger, kommen Sie bitte auf unseren Pfarrball am Rosenmontag! Der ist übermorgen. Ich bitte Sie dringend, kommen Sie. Die Jugend und das Alter zusammen, alles wird da sein. Das wird ein lustiger Ball werden. Als Frau brauchen Sie sich ja nur schönmachen. Schönheit ist immer noch die beste Frauenmaske. Also, auf Wiedersehen bis zum Montag!«

Bis zum Rosenmontag hat sie die unheimliche Unterwäsche nur zweimal angesehen. Und sie hat sich doch ein wenig gefreut auf den Ball. Sie hatte sogar ein altes Ballkleid, das sie sich um die Hüften herum eine Nuance weiter hat machen müssen. Auch die langen Ohrringe steckte sie sich mit nicht wenigen Schmerzen an. Dem Friseur ist auch etwas Hübsches eingefallen. Sie sah gut aus. Wenigstens um fünf Jahre jünger.

Der Geistliche Herr Rat persönlich legte die Platten auf. Es wurden Glenn Miller gespielt, alte Tangos und Cha-Cha-Chas. Sie saß mit der Frau Nachbarin an einem Dreipersonentisch. Und tatsächlich wurde sie schon beim ersten Tanz von einem seriösen Herrn aufgefordert.

»Der ist auch seit zwei Jahren verwitwet. Seine Frau ist an Krebs verstorben. Der sitzt immer daheim. Ich weiß zwar nicht, wie er heißt, aber er muß ein Kollege meines Mannes sein«, plauderte Frau Sieglinde.

Dreimal hat sie der etwa fünfzigjährige stramme Witwer schon zum Tanze geholt. Er tanzte gut. Sie fanden gleich eine bezaubernde Harmonie. So gern hat sie noch nie mit einem Herrn getanzt. Da rief der Herr Stadtpfarrer plötzlich in den Saal: »Damenwahl!«

Noch nie hatte sie bei diesem Kommando gehorcht. Aber heut trieb sie eine geheime Macht an. Sie ging zum Tisch des Unbekannten und verneigte sich lächelnd vor ihm. Der Mann erhob sich und tanzte nun besonders harmonisch mit ihr. »Sie tanzen gut.« – Mehr sagte er nicht. »Sie auch«, antwortete sie. Mehr brauchten sie nicht reden. Ihre Körper, ja schon ein wenig auch ihre Seelen, fanden sich und wollten sich behalten. Ja, wollten mehr voneinander. Als der Tanz zu Ende war, führte der rüstige Fünfziger die Frau Sophie an ihren Platz.

Gleich darauf kam der Herr Stadtpfarrer zu ihr und fragte, ob sie was dagegen hätte, wenn sich ihr Tanzherr, der so allein unter der Jugend sitze, ob er nicht an ihrem Tische Platz nehmen dürfe. »Aber gern, Herr Geistlicher Rat!« sagte Frau Sophie und lächelte dem Herrn entgegen. Der Herr Stadtpfarrer winkte ihn heran, und der Polizeihauptkommissär nahm dankend Platz. Kaum saß er, erhob er sich wieder, um sich vorzustellen. »Entschuldigung, Reinhardt ist mein Name, Herbert Reinhardt.« Er nahm wieder Platz und lächelte Frau Sophie an.

Die aber war käsebleich geworden, erhob sich, hörte kaum noch das Geplauder ihrer Nachbarin Sieglinde: »Freilich, Reinhardt schreiben Sie sich! Sie sind ja ein Kollege meines Mannes.«

Frau Sophie schwankte zum Ausgang. Ließ sich von der Frau Mesnerin geschwind in den Mantel helfen und huschte hinaus. »Reinhardt heißt er. Ausgerechnet Reinhardt!« schrie sie in die Nacht und machte daheim gleich den Fernseher an. Sie warf keinen Blick ins Bü-

gelzimmer. Vom Programm sah sie nichts. Plötzlich gongte die Haustüre. »Wer ist draußen?«

»Die Sieglinde, Frau Sophie. Warum hast du uns denn so plötzlich verlassen?« – Frau Fitzinger öffnete. Die Nachbarin stand vor der Tür, und an ihrer Seite dieser Herr Reinhardt, dessen Schlafanzug sie im Wäscheschrank hatte.

Jetzt wird es ihr unheimlich. Sie kann sich gerade noch am Türrahmen festhalten. Aber da umfängt sie auch schon Herr Reinhardt, umarmt sie stürmisch und küßt sie ohne Unterlaß. Die Nachbarin zieht sich lächelnd zurück. Die Haustür fällt ins Schloß. Reinhardt tanzt mit ihr langsam ins Wohnzimmer. Ohne Musik. Er wagt immer mehr. Frau Sophie läßt es geschehen. Sie erobern sich in wenigen Minuten, kommen kaum zu Wort. Erwachen den kommenden Tag im Schlafzimmer. Und wieder umarmen sie sich.

»Wir können glücklich bleiben, Sophie, denn wir haben uns im Pfarrhof kennengelernt. Wir brauchen uns nicht mehr genieren, denn wir gehören uns. Wir dürfen vielleicht sogar annehmen, daß uns dein Arthur und meine Hildegard, vom Himmel herab, zusammengebracht haben? Etwas ist dran, denn der Herr Stadtpfarrer hat mich schier mit Gewalt auf seinen Pfarrfasching geschleift. Ich habe auch von dir schon einmal geträumt. Etwas sehr Komisches, Sopherl, nämlich, daß sich plötzlich jemand wieder um meine Wäsche kümmert. Ich hab dich zwar nur von hinten am Bügelbrett gesehen, aber du hast mir gleich gefallen. – Findest du das nicht unheimlich schön? Fast gespenstisch?« –

Frau Sophie Fitzinger, die in drei Wochen schon Reinhardt heißen wird, hörte die plötzlich ausführliche Ge-

schichte Herberts ruhig an. Dann erhob sie sich und sagte zu ihm: »Komm, ich muß dir was zeigen!« Sie führte den Polizeihauptkommissar in den Keller, ins Bügelzimmer. Sie öffnete ihren Wäscheschrank. Keine Herrenslips und kein Schlafanzug waren zu sehen. Sie betastete den leeren Kellersessel, nichts. Das Bügelbrett war auch leer.

»Mein Gott, jetzt ist der Spuk verschwunden,« seufzte sie. – »Welcher Spuk?« Jetzt mußte sie ihrem Verlobten die seltsame Geschichte erzählen. Und stellte dann entsetzt fest: »Jetzt leide ich doch an psychotischen Halluzinationen und womöglich an Schizophrenie?«

»Nein. Jetzt hast du mich, Sopherl! Und ich bin keine Halluzination, das werde ich dir sofort beweisen.« Er umarmte sie. Sie ließ sich ihre Gesundheit erneut bestätigen.

Eine seltsame Spukgeschichte. In der einmal nicht der Tod, sondern das glücklichste Zusammenleben vorausgesagt wird. Herbert Reinhardt und Frau Sophie Fitzinger, geborene Wimmer, lebten tatsächlich wie ein nimmersattes junges Liebespaar.

Und doch hegt Frau Sophie manchmal den absurden Verdacht, daß sie der Herr Pfarrer zusammengekuppelt hat. Die Polizei hat natürlich auch mitgespielt. Mit ihrem Notschlüssel in der Hand der Frau Nachbarin! Unter Polizeikommissaren ist vieles möglich. Die können einbrechen, ohne daß man was merkt. Und sie können Wäschestücke hin- und herzaubern. Besonders, wenn ein Geistlicher Rat mithilft.

Solche Gedanken plagen die Frau Sophie manchmal. Aber sie sagt nichts. Sie ist glücklich. Warum sollte sie an der Zauberkraft ihrer Waschmaschine zweifeln?

Der Leichenwagen

Die heutige Novembertraurigkeit ist doch nicht mehr zu vergleichen mit der unheimlichen Novemberstimmung früherer Zeiten. Denn wer fürchtet sich heut schon noch vor den Umtrieben der Armen-Seelen-Lichtlein, vor den Geistern und Gespenstern, die früher, besonders im November, umgegangen sein sollen?

Am 2. November haben sie ihren großen Tag, »die Armen Seelen im Fegfeuer«. Aber Lichtlein sieht heute kein Mensch mehr. Dazu ist die Welt zu hell geworden.

Oder doch? – Wer weiß? Vielleicht geistern die heutigen Armen Seelen als Autolichtlein herum? – Es kann unter den vielen Scheinwerfern einmal einer darunter sein. »Nix gwiß woaß man net!«

Ich hab die alte Novemberheimlichkeit noch erlebt. In den dreißiger Jahren noch haben die Großväter auf den Einödhöfen an manchen Abenden unheimliche Geschichten erzählt. Uns ist es eiskalt über den Buckl gelaufen, und die Weibspersonen haben das Kreuz geschlagen. Das hat dem Großvater ›getaugt‹, und er hat mit brüchiger Greisenstimme erzählt: »Da bin ich einmal, am Allerseelentag, vom Wirt von Keanading uma ganga, stockfinster war's und an Nebel hat's gehabt. – Und wie ich bei der Niklo-Kapelln vorbeikomm, es mag grad zwölfe gewesen sein, springen mich auf einmal drei

Lichtln an. Keinen Schritt kann ich mehr tun. Die Tür von der Kapelle knarzt, und ein Hund fängt zu knurren an ...« Und so weiter. Unheimlich haben sie erzählen können, die alten Großväter.

Aber so ganz ausgeweierzt hat es sich doch noch nicht in Bayern. Und ich will Ihnen jetzt eine wahre Gespenstergeschichte erzählen. Nichts ist erlogen, und es ist noch gar nicht so lange her, als es passiert ist.

Beim Lux-Bauern in Reamading sind zwei Töchter da, Dirndln mit achtzehn, neunzehn Jahren, schneidige Weiber – heut. Und keine Zwiderwurzn. Die eine heißt Vroni und die andere Annemarie. – Spät ins Bett gehn mögen sie. Und wenn sie einmal daheim bleiben müssen, dann sitzen sie vor dem Fernseher. Am liebsten schaun sie sich Kriminalspiele an. Da kann der Großvater noch so viel schimpfen, es hilft nichts.

»Geh sei stad, Vater, mit deinen alten Geistergeschichten. Uns gefallen die Kriminaler viel besser wie deine dummen Gespenster.«

Was kann da drauf ein Großvater schon antworten? »Versünd' dich net, Annamirl«, sagt er, »es kann leicht sein, daß sich einmal ein Gespenst anmeldet bei dir! Ein Armes-Seelen-Lichterl oder noch was Schlimmeres.«

Und kaum hat er das neulich gesagt, der alte Vater, als ein Auto in den Hof hereinfuhr.

»Jetzt bei der Nacht um halb zwölfe? Wer kommt denn da noch daher heut? – Dem Hans sein Wagen ist das nicht. Den kenn ich. – Ja, und dem Sepp seiner schon gar nicht. Den kenn ich.«

Die kuraschiertere Vroni zieht die Vorhänge zurück und öffnet das Fenster. Dicht vor ihr, im Hof, parkt gerade ein größerer schwarzer Kastenwagen mit aufgemaltem silbernem Kruzifix auf der Seitenwand. –

»Mariand Josef! Das ist ja ein Leichenauto!«

Die Vroni wird käsweiß vor Schreck. Und sie traut ihren Augen nicht. Da treten auch die Annemarie und der Großvater ans Fenster. Denn daß zum Lux von Reamading um halb zwölf Uhr nachts ein Leichenauto ankommen könnte, das war undenkbar. In der Pfarrei gab es noch keines. Man brachte die Toten – die wenigen, die noch zu Hause starben – mit einem gewöhnlichen Fuhrwerk auf den Friedhof.

Aber während sie sich noch wunderten, öffnete sich die vordere Türe des Wagens und heraus stieg ein junger Bursch in sonntäglichem Anzug, weißem Hemd und mit einer roten Krawatte. »Was will denn der von uns?«

»Das ist kein Leichenwärter, das ist ein Bursch!« –

»Ich kenn ihn nicht.« Sogar die Vroni hatte jetzt ein blasses Gesicht.

»Keinen Tropfen Blut gib ich mehr her, das ist ein Geist!« sagte der Großvater.

»Mein Gott«, schrie die Annamirl, »jetzt macht er die große Tür auf, wo der Sarg drin ist!« –

»Mein Gott, das sind ja vier Särge!«

Es war eine ungeheuerliche Szene. Vier Särge lagen da übereinander in dem großen Leichenwagen, der um Mitternacht in diesen stillen Einödhof gefahren war. Und dann wurde es noch unheimlicher. Der Bursch machte zu den Mädchen hin eine einladende Geste mit der einen Hand, während er mit der anderen auf die vier Särge hinwies. Und er sagte in einem ganz sonderbaren, unschicklich-freundlichen Ton:

»Ja, steigts halt ein, ihr zwei feschen Madln!«

Um Gottes willen! Weder der Großvater noch die Mädchen konnten sich rühren. Gebannt starrten sie zum Fenster hinaus in den Hof. Nach einer Weile schloß der fremde Bursch endlich die unheimliche hintere Tür des Leichenautos wieder, setzte sich ans Steuer, ließ den Motor an und fuhr los. Aber nicht die Dorfstraße hinunter steuerte er den schwarzen Wagen, sondern hinten hinaus auf den Feldweg, der in den Wald führt. Der Großvater und seine zwei Enkeltöchter sahen immer noch wie gebannt auf die zwei verschwindenden Schlußleuchten. Dann schlossen sie das Fenster.

»Gell, gell, weils ihr nix glaubts«, mahnte der Großvater, »es gibt noch Geister! Und das da ist einer gewesen. Da drauf leist' ich jeden Eid!«

Nach einem solchen Erlebnis ins Bett zu gehen und ruhig zu schlafen, ist fast unmöglich. Noch am anderen Tag waren die beiden sonst so lustigen Schwestern wie ausgewechselt.

Aber am Freitag scherzten sie schon wieder.

»Morgen ist in Grupeting Feuerwehrball, da gehen wir hin. Das Tanzen tut uns jetzt grad gut auf den Schreck hin!«

Aber am Freitagabend, als sie schon früher zu Bett gingen, um dann am Samstag für den Grupetinger Ball länger ausbleiben zu können, wiederholte sich das entsetzliche Abenteuer noch einmal. – Sie sind beide schon im Bett gelegen, als sie von einem plötzlich in den Hof fahrenden Automobil geweckt wurden. »Vroni«, flüsterte die Annamirl, »Vroni, hörst es? – Das ist schon wieder dieses Auto! –«

Aber die Vroni hat es schon gehört. Sie ist aufgestanden und ans Fenster geeilt. Und was sieht sie tatsächlich

im Hof? Und diesmal direkt unter dem Kammerfenster! Das Leichenauto. Wieder stieg der Bursch aus und öffnete hinten die Tür, wies mit der einen Hand auf die vier Särge und mit der anderen winkte er diesmal zu ihnen herauf und sagte freundlich und aufmunternd:

»Geh weiter, steigts halt ein, ihr zwei feschen Madln!«

»Um Gottes willen, der meint wirklich uns«, sagte zu Tode erschrocken die Annemarie.

»Wenn wenigstens der Großvater da wär!«

Aber als dann weiter nichts passiert, und der Bursch mit seinem seltsam unheimlichen Fahrzeug wieder im Wald verschwunden war, rief die kuraschierte Vroni mit gemachter Sorglosigkeit:

»Annamirl, da steckt ein Spaß dahinter. Das ist gewiß der Breithammer Sigi gewesen, der uns das angetan hat. Der Batzi, der schlechte! Bloß weil wir ihm einen Korb gegeben haben! – Der hat irgendeinen Freund mit einem Leichenauto, und den hat er uns hergeschickt, daß wir uns fürchten sollen! Jetzt fürchten wir uns aber mit Fleiß net.«

Aber die Annemie wußte es besser:

»Na, Vroni, das ist kein Schabernack. Das ist ein wirkliches Gespenst! – Der Großvater hat recht, es gibt noch Arme-Seelen-Lichtln, beten wir ein Vaterunser für die Verstorbenen!«

Und das taten sie auch und schliefen halbwegs getröstet ein. – Denn das hat ihnen schon der alte Pfarrer in der ersten Volksschulklasse gelernt, wer für die Armen Seelen betet, wird immer und sofort getröstet. Das war also am Freitag gewesen, und am Samstag gingen die zwei nach Grupeting auf den Ball. Es war lustig und die Freude am Tanzen stellte das seelische Gleichgewicht der Mädchen wieder her. Sie lernten einen fremden Burschen kennen, der sie verleiten wollte, mit nach Landshut zu fahren.

»Geh weiter«, sagte er, »fahrn wir auf Landshut, da ist die Musik viel besser.«

Die Annemarie zierte sich.

»Ja, gewiß ist's wahr, mein Freund, der kann jeden Augenblick kommen, der fahrt mit. Der hat mich sogar beauftragt, daß ich z' Grupeting da zwei Mädchen aufreißen soll, eine für ihn und eine für mich. Geh weiter, fahrts halt mit!« –

Und weil sie die letzte Woche so viel Schreckliches erlebt hatten, willigten die zwei Lux-Töchter schießlich ein. –

Nach einer Weile kam der Bursch noch mal zu ihnen an den Tisch und sagte:

»Jetzt ist er schon da, der Freund, er sitzt draußen im Wagen drin, direkt vor der Haustür – der schwere Sportwagen ist's –, gehts hinaus zu ihm und steigst ein, ich zahl derweil noch geschwind die Zech. Ich komm gleich nach!«

Die Annemarie und die Vroni gingen also hinaus, sahen auch den Wagen, konnten sich aber wegen der Schicklichkeit doch nicht gleich entschließen einzusteigen. Sie zögerten noch und warteten auf den anderen, auf den schon flüchtig Bekannten. Da drehte der Lenker des Sportwagens die Scheiben herunter und streckte den Kopf heraus.

»Geh weiter, steigts halt ein, ihr zwei feschen Madln!«

Um Gottes willen! Das ist er! Die Stimm', die Krawatte. Das ist er! – Mariand Josef! Nach der zweiten Schrecksekunde drehten sie sich um, rannten durch den

Wirtshausgang zum hinteren Ausgang, liefen durchs Dorf und Reamading zu, ohne auch nur einmal stehenzubleiben!

Und sie haben gut daran getan. Denn es ist eine Todesfahrt geworden, die da die zwei Burschen unternommen haben. – Die beiden sind nämlich nun auch ohne Mädchen nach Landshut gerast, kamen dabei ins Schleudern, rammten einen Baum und wurden auf der Stelle getötet.

Wären die Vroni und die Annemarie durch das Gespenst nicht vorgewarnt gewesen, es wären tatsächlich dann vier Särge benötigt worden.

»Es passieren halt heut auch noch solche gspaßige Geschichten, die sich kein Mensch erklären kann«, meint der Großvater und hebt warnend seinen Finger.

Handy

»Mit dem Handy, Weibi, bin ich überall zu erreichen. Da kannst du mich in jedem Hotel anrufen, auch wenn du nicht weißt, in welcher Stadt ich gerade die Nacht verbringe.« Heinz Müllreiner, ein Reisender in Schlafzimmer und Büromöbel in dem gesamten Gebiet von Bayerisch Schwaben und einigen angrenzenden Landkreisen Baden-Württembergs, erklärte seiner Frau sein handliches Telefon. »Ich trag es immer in der Tasche. Selbst auf der Toilette kannst du mit mir telefonieren, Mädchen. Du wirst nie mehr eifern müssen, Liebling. Vielleicht werde ich bald in die Zentrale versetzt, dann habe ich geordnete Bürozeiten, und der junggesellenhafte Außendienst hat ein Ende.«

Marianne Müllreiner freute sich über den kleinen Apparat. »Ein wunderbares Gerät, nur schade, daß es einen amerikanischen Namen hat!« lobte und bedauerte sie.

»Keineswegs«, entgegnete Heinz, der gebürtige Ravensburger. »Das Gerät stammt aus Stuttgart. Und heißet eigentlich: ›Hän die koi Schnur?‹ Aus diesem: ›Hän die koi Schnur?‹ hat sich, modisch amerikanisiert, dann ›Handy‹ entwickelt. »Also, du kannst das Funki, wie es auch heißen könnte, als heimische Erfindung ansehen und dein Männdy bei jedem Flirt mit der Kundschaft an die eheliche Treue erinnern.«

Marianne litt an immerwährender Eifersucht, wenn sie sich dieses Leiden auch nie anmerken hat lassen. Heinrich ahnte es und kaufte sich das Funktelefon. Vielleicht würde ihr dieses ständige Bei-ihm-sein-wollen durch das Handy vergehen? Sie waren erst fünf Jahre verheiratet und hatten ein achtjähriges Töchterl. Sie war seine zweite Frau. Auch die kleine Elke würde nun Papa überall telefonisch anrufen können. »Die Kosten spielen keine Rolle, das Funki zahlt die Firma. Wie sie auch hundert Mark zu den heimischen Telefongebühren beisteuert. Trotz des Außendienstes können wir also den herkömmlichen Familiendiskurs kommod aufrechterhalten.«

»Fahr vorsichtig, Heine, es kann glatt werden, hat eben der Wetterbericht allen Autofahrern angedroht. Komm lieber erst morgen mittag heim, wir warten mit Freude auf dich!«

Auch Elke gab ihm viele telefonische Bussis über das Handy. Heinz kam dann erst den anderen Mittag. Er war ein gutaussehender und talentierter Verkäufer. Vor allem Schlafzimmer brachte er an den Mann. Noch eher an die Frauen. Er gewährte einkalkulierte Rabatte und hatte für jedes Modell bettfrische Witze zu erzählen.

Schade um den Mann! Am Montag früh nach dem Frühstück erlag er einem Herzinfarkt. Das Wiedersehen mit seiner Marianne – in natura, ohne Handy – war über das Wochenende wahrscheinlich zu heftig gewesen. Der fünfzehnjährige Altersunterschied gehörte nicht zu den Todesursachen, denn Heinz liebte neben seiner Marianne die badischen Weine, rauchte gern und war halt ein erfolgreicher Handlungsreisender der alten Schule.

Der junge Chef hatte ihm seine alten Verkaufsmethoden ausreden wollen, ließ ihn schließlich dann doch nach seiner Seligkeit weiterwerkeln. Am Ende des Geschäftsjahres war er der erfolgreichste Verkäufer der Firma gewesen.

Und jetzt war er tot, wurde von Marianne in den Sarg gebettet. Unter vielen Tränen. Sie ließ ihn in seinem Arbeitsanzug, in dem auch noch das Handy steckte. Sie nahm es, schloß es an die Stromleitung an, wie ihr Mann immer getan. Und dann, als nach vier Stunden die Leichenabholer kamen, schreckte sie zusammen wie noch nie in ihrem Leben. Sie nahm aber mechanisch das Handy und gab das kleine Funktelefon ihrem toten Mann wieder in die äußere Sakkotasche. Wie geistesgestört sagte sie sich: »Jetzt kann ich dich auch im Leichenhaus noch anrufen, Heinzi, vielleicht gar im Grab?«

Sie tat das auch. Kaum war eine Stunde vergangen, klingelte im Leichenhaus das Telefon im Sarg Müllreiners, Boxe 14. Die Leichenwärter machten gerade im Nebenraum Brotzeit und überhörten das Handygeklingel. Wer denkt schon auch an so einen Unsinn?

Frau Marianne aber hörte die Mailbox und sprach wie zu einem Lebenden. »Bist du gut angekommen, Heinzi? Uns geht es ohne dich sehr, sehr schlecht. Ich bin untröstlich. Soll ich das Haus verkaufen? Aber du hast ja gut für mich und Elke gesorgt. 500 000 Mark will die Lebensversicherung auszahlen. Und auch dein Chef hat eben angerufen. Dein Grundgehalt würde weiterlaufen. Trotzdem, geliebter Mann, ich bin so traurig, daß ich mir am liebsten heut noch das Leben nehmen möchte. Adjeu, Liebster! Deine Marianne.«

Kaum waren die Leichendiener mit ihrer Brotzeit fertig, klingelte in der vierzehnten Box schon wieder das Telefon. »Das ist ja unheimlich«, fürchteten sich sogar die Leichenwärter. Jetzt horchte der junge Niki von Waxenstein auf. Er hatte eben zum zweitenmal sein Staatsexamen in Jurisprudenz gemacht. Und wahrscheinlich wieder nicht bestanden. Einer seiner Volksschulfreunde arbeitete bei der Städtischen Friedhofsverwaltung. Der Verdienst war enorm. Und im Waldfriedhof brauchten sie gerade eine Aushilfe. – Er sollte in der heutigen Nacht zusammen mit seinem Freund die Aufsicht führen.

Als gegen zehn Uhr das Handy im Sarg auf Nr. 14 zum viertenmal klingelte, öffnete er entschlossen die Truhe und entdeckte das Funktelefon, schüttelte den Kopf und nahm den Apparat zu sich. Er kannte sich mit dem Gerät aus und hörte als erstes den Anrufbeantworter ab, bei den Handys »Mailbox« genannt. Da waren ja mittlerweile vier Anrufe eingegangen. Und einer bemitleidenswerter als der andere.

Marianne steigerte sich in ihrem Schmerz bis zur Selbstaufgabe. Niki von Waxenstein hörte unter anderem die junge Witwe schluchzen und weinen. Ihre Stimme war besorgniserregend. Die Frau mußte getröstet werden. Eben kündigte sie ihren Selbstmord an.

»Elke ist bei der Oma. Sie wird sie zu einer tüchtigen Frau erziehen. Und ich folge dir jetzt nach, Geliebter. Ich habe mir aus drei Apotheken starke Schmerz- und Schlaftabletten besorgt. Ich will sie alle auf einmal nehmen. Gleich sehen wir uns wieder. Ich hab nur noch den einen Wunsch, daß wir zusammen beerdigt werden. Bis gleich!«

Der junge Leichenwärter war entsetzt. Ich muß mit ihr sprechen. Wo wohnt sie? Im Buch wird die Adresse zu finden sein. Er rennt ins Büro und sucht die Anschrift Müllreiners. Da klingelt das Handy wieder. Diesmal in seiner Sakkotasche. Er nimmt das Gespräch an. »Nun ist es vollbracht, Liebster, ich habe alles geschluckt. Du, ich komme! Ich bleib deine Marianne.«

»Nein, Sie kommen nicht, gnädige Frau. Ich werde Sie sofort ins Krankenhaus bringen! Ich bin zur Zeit Leichenwärter im Waldfriedhof. Sie wohnen Theodostraße 17. Ich bin gleich da und klingle. Bitte öffnen Sie sofort die Haustüre! Jetzt sofort. Bitte, es wäre schad um sie. Machen Sie jetzt auf. Bevor Sie ohnmächtig werden. Ich bin gleich da.«

Der Freund übernahm allein die Nachtwache im Leichenhaus. Niki raste mit seinem Wagen in die Theodostraße. Er fand tatsächlich die Haustüre geöffnet. Frau Marianne hatte sich erbrechen können. Trotzdem drängte er sie in seinen Wagen und brachte sie ins Krankenhaus. Sie wurde gerettet, konnte sogar der Beerdigung ihres Mannes beiwohnen. Neben ihr ging Elke. Aber dicht dahinter folgte Baron Niki.

Er hatte Marianne jeden Tag besucht. Sie gefiel ihm immer besser. Er tröstete sie. Er nahm sie in die Arme. Sie spürte seine Nähe. Und sie ließ sich von ihm trösten. Eine großartige Frau, dachte Niki. Gewiß um drei Jahre älter, aber doch außerordentlich und liebenswert. Gar eine Partie.

Schließlich sagte er sich: »Marianne ist es wert, Baronin zu werden. Mit oder ohne Examen!«

Die Rehgeiß

Diese Geschichte hat sich wahrhaftig und erst heuer im Februar zugetragen, und zwar in dem neuen Landkreis Dingolfing/Landau a. d. Isar, genau auf der Bundesstraße 11 zwischen Landau a. d. Isar und Dingolfing. Es mag halb elf Uhr gewesen sein, und mein Bekannter mußte noch bis München fahren. Es war glatt auf der Straße und etwas neblig. Also fährt er vorsichtig und langsam. Besonders auch deshalb, weil es ihm hinter seinem Steuerrad auf einmal unheimlich wird. Es ist ihm, als wenn er jeden Augenblick einen tödlichen Unfall haben könnte. Er ist im Krieg gewesen, er hat schon öfters Todesgefahren überstanden, aber so was, nein, so was ist ihm noch nie passiert! – Dabei ist er fast allein auf der Straße. – Sein Herz wird ihm allerweil schwerer. Auf einmal ist ihm, als wenn er nicht mehr allein im Auto säße. Hinten hockt einer und fährt mit. – Wer ist denn das? – Er kann ja nicht umschauen. Aber im Rückspiegel sieht er deutlich einen Hut. Da sitzt einer. »He, hallo, haben Sie sich vielleicht in meinen Wagen geschlichen?« –

Keine Antwort. Doch der Blick in den Rückspiegel läßt keinen Zweifel zu. Jetzt zeigten sich für einen Augenblick auch Kopf und Schulter. Da sitzt ein älterer, hagerer Mann mit einem spitzen Trachtenhut auf dem

Kopf. Und der Hut ist gar mit einer Hahnenfeder geschmückt! – Er denkt unwillkürlich an den Spitzen-Nikei, eine unheimliche Gestalt aus seiner Jugendzeit. – Dem Girgl steigt die Angst über das Herz hinauf bis zum Hals.

Am End hat sich, während des langen Parkens, ein steckbrieflich gesuchter Raubmörder, der nach München will, in das Auto geschlichen und sich im Fond auf dem Boden versteckt. Und jetzt sitzt er auf. – Und ich hab mich schon verraten, daß ich ihn im Rückspiegel gesehen hab!

Und gleich setzt er zum Überfall an? – Die raffinierteste Methode eines Automobilraubes! Man hat Wagen und Wagenpapiere, Autoschlüssel und Geldbeutel und obendrein hat man den Fahrer ausgeschaltet. – Mein Gott! – He! – Der Girgl tritt auf die Bremse und hält an, macht Licht. Jetzt ist ihm alles gleich.

Er wendet sich um und – sieht nichts. Kein Mensch sitzt da in den Rücksitzen. – Er greift mit der Hand den Boden ab. Nichts. Niemand hält sich da versteckt. – Gott sei Dank! – Jetzt ist ihm wieder wohler.

Der erfahrene Münchner Automobilist, beruflich ein gut verdienender Vertreter, zündet sich eine Zigarette an und atmet auf. – So leicht kann man an Gespenster glauben! – Er belächelt sich selbst.

»So etwas darf ich nicht einmal meiner Großmutter erzählen, geschweige denn meiner Frau Gemahlin! Die glaubt mir ohnehin keine Märchen mehr.«

Aus Aberwitz und Vorsicht wirft er noch mal einen Blick in den inneren Rückspiegel. Da! Schon wieder der spitze Hut! Um Gottes willen! – Jetzt ganz deutlich ist die Hahnenfeder zu sehen, weil sich gerade ein Wagen

von hinten nähert und zum Überholen ansetzt. Der Girgl will sich aber nicht überholen lassen. Jetzt ist ihm alles gleich. Die glatte Straße und der Nebel. Immer wieder sieht er in den Rückspiegel. Immer deutlicher wird die Gestalt mit dem spitzen Hut.

»Der Spitzen-Nikei ist's!«

»Gell – das bist du? – Du!« –

Auf einmal fängt der unheimliche Fahrgast zu sprechen an! – Er hat eine feste, laute, krächzende Stimme! Und ein eiskalter Wind fängt zu heulen an. Aus der Heizung, aus dem Autoradio, von hinten, von überall her!

»He! Du! Schieß die Rehgeiß nicht! Die kriegt noch einmal einen schönen Bock!«

»Um Gottes willen! – Was hat er gesagt?« – Der Girgl ist auf die Bremse gestiegen und hart an den Straßenrand gefahren. Der hintere Wagen konnte endlich überholen. Es ist wieder dunkel.

»Mein Gott! Was hat der gesagt? – Ich soll die Rehgeiß nicht erschießen? – Ich bin doch kein Jäger? – Mein Gott!«

Er macht Licht. Sieht sich um. Kein Mensch im Auto. Keine Spur vom Spitzen-Nikei.

»Ja, Himmisternbombenlaudabimini! Spinn ich denn?«

Er steigt aus, öffnet die Fondtüre weit, bückt sich, durchsucht den ganzen hinteren Wagen. Am Boden liegt ein Hut. Ein spitzer Hut mit einer Gockelhahnfeder.

»Ja, wie kommt denn der Hut in meinen Wagen? – Ich kenn den Hut nicht. – Dem Nikei sein Hut. Ein uralter Jägerhut?«

Der Metzgereimaschinenvertreter und Realist Georg S. aus München kann sich die Existenz des alten Hutes nicht erklären. Er vertritt sich die Füße und fährt erst nach etwa drei Minuten weiter. Aber nicht lange. Beim Kilometerstein 97 läuft von einem riesigen Tankwagen Öl heraus. Und der LKW-Fahrer rennt wie irr herum und schreit den Girgl an: »Da, leuchten Sie bitte da hin!«

Unter den Vorderrädern des LKW hängt zerquetscht und demoliert ein Wagen. Er sieht aus wie der vordere, große Kehrbesen einer überdimensionalen Straßenkehrmaschine. Und aus dem zerschmetterten Fenster des Personenwagens glotzt ein blutendes Gesicht. Es ist ein entsetzlicher Anblick.

Und wie die polizeilichen Ermittlungen ergeben haben, ist dem Fahrer des Personenwagens justament in dem Augenblick, als der Tankwagen an ihm vorbeifahren wollte, eine Rehgeiß ins Auto gesprungen. Daraufhin hat der so plötzlich ums Leben gekommene Lenker des Personenwagens scharf abgebremst und ist ins Schleudern gekommen und schließlich unter die Räder des großen Tankers.

»Mein Gott! Hat mich der Spitzen-Nikei doch rechtzeitig gewarnt – vor der Rehgeiß!«

Ja, ja, wer zum Ertrinken gehört, braucht vom Verkehrstod keine Angst zu haben! Eine merkwürdige Geschichte! Und dennoch geschehen auf der Bundesstraße 11 zwischen Dingolfing und Landau a. d. Isar.

Der Schlepper

Es war kurz vor Mitternacht. Die Krenöderin und ihr zweiter Mann, der Irzn-Toni, liegen in der Schlafkammer und schnarchen. Da, auf einmal fährt die Krenöderin auf; sie sitzt steif im Bett und spitzt ihre Ohren. Was ist denn das, denkt sie und bekommt gleich eine höllische Angst. Wer ackert denn jetzt um Mitternacht auf dem Breitacker? »Träum ich denn? Mariand Josef!«

Deutlich hört sie das Bellen eines Traktors durch die Nacht. Gleichmäßig und gut vernehmlich noch, obschon von weiter herkommend. Und dann plötzlich schnürt ihr die Angst die Kehle zu. »Um Gottes willen, das ist ja fürchterlich!« Ihre weit aufgerissenen Augen erspähen durch das Kammerfenster, oben auf dem Breitacker, die langsam sich dahintastenden Scheinwerfer eines Schleppers.

»Der Girgl«, schreit sie, »der Girgl ackert!« Sie knipst das Licht an und weckt ihren Mann. »Hörst es du? – Schau zum Fenster naus! Mitten bei der Nacht bellt auf dem Breitacker drobn ein Schlepper!«

Langsam kommt der Krenöder aus dem Schlaf und begreift seine Frau. Er hört es auch, wundert sich und findet keine Erklärung. »Wer soll denn jetzt um zwölfe bei der Nacht da draußen ackern? – Ist ja schon längst zugebaut der Breitacker. – Vielleicht träumen wir alle zwei? – Hm, aber hören tu ich es freilich auch.«

Die Bäuerin ist jetzt aus ihrem Bett herausgeschlüpft und direkt ans Fenster gegangen. Ihr Herz klopft zum Zerspringen. »Er ist's! Sein Gspenst, sein Geist!«

Auch der Bauer ist aufgestanden, öffnet das Fenster und sieht hinaus. Der gespenstische Traktor da oben auf dem Hügel zieht seine Bahn – unheimlich – nähert sich langsam dem Ackerrain und der steilen Böschung, die den Hohlweg hinabführt.

»Mein Gott, was will denn der von uns?« Sie steht da wie gebannt. Vor lauter Schreck kommt sie gar nicht erst auf den Gedanken, für den Verunglückten zu beten.

Auch der neue Krenöderbauer bekommt es allmählich mit der Angst zu tun. Er hat den Mund geöffnet vor lauter Schauen und gibt keinen Ton von sich.

Nur der Bäuerin geht der Mund; und das schneller als es sonst ihre Art ist zu sprechen: »Hab ich ihm nicht sein Requiem mit zwei heiligen Beimessen und Libera verrichten lassen? Hab ich ihm nicht den Jahrtag gehalten? Hab ich nicht genug gebetet für ihn? Jeden Tag noch bet' ich ihm ein Vaterunser. Was will er denn von mir? – Toni, hilf, was will er denn von uns?«

Der Bauer wendet seine Augen nicht von den Scheinwerfern des Geistes. »Was soll der von uns wollen? Der ist tot. Aber es ist tatsächlich der nämliche Schlepper, den der Girgl selbigsmal gefahren hat. Ich kenn ihn am Ton. Das nämliche Fabrikat ist es.«

So lächerlich und unglaubwürdig kurios diese ganze Situation einem Menschen im technischen Zeitalter auch erscheinen mag – und der Krenöder ist durchaus ein Mensch mit technischem Verstand – das unheimlich

Schreckhafte einer Begegnung mit der jenseitigen Welt packt den eiskalten Materialisten mit Furcht. Aber neugierig wird er auch.

»Gleich morgen geh ich zum Herrn Pfarrer«, sagt die Krenöderin leise und schreit dann jäh auf.

Draußen, auf dem Acker, wird der Traktor laut und lauter, auch die Hupe beginnt zu tüten und ein fürchterlicher Menschenschrei übertönt alles. Und dann ist mit einem Male alles still. Kein Scheinwerfer ist mehr zu sehen, kein Geräusch mehr zu hören.

Da kommt auch die Frau Theresia wieder zu ihrem christlichen Verstand. »O Herr, gib ihm die ewige Ruh«, betet sie. »O Herr, gib ihm die ewige Ruh!« Sie spricht es rasch und schnell und ohne Unterlaß.

Der Bauer fühlt sich von dem verrückten Banne wieder ledig. »Jetzt ist's aus«, meint er lakonisch. »Es ist nichts mehr zu hören. Eine saudumme Geschichte, Resi! – Wenn ich es nicht mit eigenen Augen gesehen hätte, ich tät schwören, ich hab's geträumt. Aber ich hab es gesehen und gehört. Und genau an der Böschung hat er aufgehört mit dem ackern.« Er legt sich wieder ins Bett.

Die Bäurin steht noch am Fenster. »Seine Seel' ist's gewesen«, sagt sie endlich, »seine arme Seel'! O Herr, gib ihr die ewige Ruh!«

Der jungvermählte Krenöder aber meint grüblerisch: »Und sein Schlepper ... sein Schlepper ist es auch gewesen.«

Da klopft es unheimlich mit dürren Knöcheln an der Kammertüre. Der Bauer fährt auf, sein Gesicht verfärbt sich, und die Bäuerin bekreuzigt sich wieder. »Mariand Josef!« Sie ist, trotz ihrer kräftigen Leiblichkeit, tatsächlich einer Ohnmacht nahe. Es klopft noch einmal, knöchern und fürchterlich!

»Die Tür ist zugesperrt, niemand kann herein. Geh ins Bett, Resi! Laß ihn klopfen, den Geist!« Doch ist ihm das knöchelscharfe Klopfen selber unheimlich, und seine Worte klingen mutiger als ihm ist.

»Mein Gott, hab Erbarmen!« flüstert die Bäurin und flüchtet ins Bett. Da klopft es zum dritten Male.

»Wer ist denn draußen?« ruft jetzt der Krenöder. Und da sich eine Weile nichts rührt, springt er aus dem Bett und rennt an die Tür. Soll es seines Vorgängers Gespenst sein! Er will es hereinlassen. Er hat ihn gut gekannt, und der Teufel wird nicht gleich bei ihm sein.

»Wer möcht um die Zeit in unsere Schlafkammer?« fragt er gereizt und öffnet die Tür. – Die Bäurin verkriecht sich jammernd unter der Decke.

Und wer steht draußen? – Die alte Krenödermutter im Nachthemd, barfuß und mit zahnlosem Mund. Ihr greises Haupt wackelt leicht hin und her, ihre Augen sind weit aufgerissen. Sie sieht aus wie ein Gespenst, ist aber keines.

»D' Mutter ist's! Da verreck! – Hast aa was ghört, Mutter?« Die alte Krenöderin tritt in die Türschwelle und bringt ihre Hiobspost vor: »Mir ist der Girgl erschienen, mein Bua!«

»So?« meint der Toni, und es klingt eiskalt, obwohl er ihr aufs Wort glaubt. »Wir haben bloß den Traktor gehört.«

»Aber mir ist er in echt erschienen, mein Bua! Und er hat gered't mit mir.« Sie hebt den Zeigefinger und fügt drohend hinzu: »Der Krenöderhof«, hat er gesagt,

»Muatter, denk an den Krenöderhof! – Und es muß aufkemma, hat er gesagt.«

»Was muß aufkemma?« fragt der Bauer. Und die Frau Theresia richtet sich im Bett auf: »Muatter, gleich morgen in aller Früh geh i zum Herrn Pfarrer und geb drei heilige Messen an und daheim bet i ihm jeden Tag drei Vaterunser.«

»Es muß aufkemma«, hat er gesagt, »und es wird aufkemma.« Wie eine Anklägerin stand sie da, die magere Greisin in ihrem Nachthemd und mit erhobenem Zeigefinger.

»Was soll denn aufkemma, Muatter?«

»Du weißt es und er weiß aa, mein toter Bua!«

»Aber geh! Vielleicht haben wir allesamt träumt?« versucht jetzt der Krenöder die alte Bäuerin zu beruhigen.

»Es ist doch alles ruhig. Nichts zu hören.« Und seine Frau stimmt ihm bei.

»Na, na, dös war kein Traum«, widersprach die Mutter, »dös war mein Bua! – Und er hat noch a Geschäft zu verrichten auf dieser Welt.« Jammernd humpelt sie aus der Schlafkammer. »Mein Bua, mein armer Bua!«

Es war jetzt ungefähr ein Uhr, der Bauer löscht das Licht aus. Es wurde aber eine ungesunde Nacht. Angestrengt lauschten sie in die Dunkelheit. Die Frau griff nach der Hand des Mannes, ihr Gemüt konnte der großen Furcht nicht entrinnen, und ihr Gewissen begann sich zu regen. Was wollte der Verstorbene von ihr? Mein Gott, was ist das für ein Geschäft, das er noch zu verrichten gezwungen ist?

Tot ist tot, aber dachte der lebende Mann. Er, sein Vorgänger in Hof und Bett, ausgerechnet er wäre der erste Mensch, der zurückkäme? – Es ist noch keiner zurückgekommen, sagt ein altes Sprichwort. Und alte Sprüche reden die Wahrheit. Die ewige Ruh läßt keinen aus. – Er drehte sich um und versuchte mit Gewalt einzuschlafen.

Aber die Bäuerin seufzt noch öfter auf. Eine schauerliche Angst martert ihre Phantasie. Sie spürt ihren ersten Mann ganz nahe ihrem Bette. Vom Fenster her ist er gekommen. Sie hört seine Schritte. Ein Windhauch bauscht den Vorhang auf. Da sieht sie ihn. Mit ausgebreiteten Armen, mit zugreifenden Händen geht er auf sie zu. »Hilfe!« Sie wirft sich an die Seite ihres zweiten Gemahls, umklammert ihn, bleich vor Entsetzen.

Der regierende Bauer, der Irzn-Toni, knipst das Licht an. Nichts ist zu sehen. Kein Gespenst steht im Zimmer. Nur der Föhnwind spielt mit dem Vorhang. – Aber sie läßt es sich nicht nehmen. Deutlich hätte sie ihn gesehen, seine Arme waren ausgestreckt und seine Hände zugreifend, als ob sie das Steuerrad des todbringenden Schleppers umklammert hielten. Die Frau war ganz durcheinander und wollte sich nicht beruhigen lassen. Sie weint und will sich einfach nicht trösten lassen.

Endlich graut der Morgen. Da sieht die schreckhafte Welt gleich anders aus. Die stattliche Reihe der Kühe im Kuhstall will gemolken werden, die Schweine gefüttert, und der Hahn hatte schon lange als erster den Bann der schrecklichen Nacht gebrochen. Wie dankbar hatte das Kikeriki die Frau gehört! Die Hühner leben noch, die Welt geht weiter.

»Unser Gockel kraht, hörst du ihn?« Sie bekommt wieder Mut und Hoffnung. Herrgott, vielleicht war alles doch nur ein Traum gewesen? »Unser Gockel!« Beinahe mit einer kleinen Freude hatte sie es gesagt. Und der Bauer meint: »Ja, der Gockl, wenn nur der wieder kräht, nachhand ist alls halbert so schlimm, Reserl!« Er war aus dem Bett gestiegen und in seine Arbeitshosen geschlüpft. Er ließ die Hosenträger schnalzen und machte ein zuversichtliches Gesicht. »Weißt, Reserl, wenn unser Gockerl von dem Gespenst etwas gemerkt hätt', er tät heut nicht so übermütig krähen.«

Da merkte die Bäuerin, wie alles wieder gut war, und sie sagte fast ein wenig lustig: »Und die Scheck, die alte Kuh, brummt auch schon.« Also begann der Tageslauf.

Sie ließ es sich nicht nehmen, gleich in den Hühnerstall zu gehen mit einem halben Eimer voller Weizenkörner. Da erschrickt sie aber plötzlich auf ein neues. Wie sie nämlich mit dem Hühnerfutter den Getreideboden verlassen will, fällt ihr Blick auf einen alten, zerbeulten Hut, der in der Ecke liegt. Es war der Hut ihres verstorbenen Mannes. Wie ist der Hut da hergekommen? Hat er seinen Hut nicht aufgehabt, als er sich damals auf dem Breitacker oben in seinen Tod hineingeackert hat? – Mag sein, daß der Toni den Hut einmal getragen hat oder der alte Knecht, der Lukas? Tote tragen keine Hüte. War er nicht gestern und vorgestern auch schon da gelegen? Drei, vier Wochen vielleicht schon? Sie hätte ihn nicht bemerkt, wäre nicht die heutige Nacht so unheimlich gewesen! Ängstlich geht sie in den Hühnerstall, öffnet die Luke, streut das Futter. Die Hennen picken. Nur der Gockel läßt sich Zeit. Er hebt den Kopf horchend auf die eine und auf die andere Seite. Sieht er sie nicht an? Hat er nicht ein ganz anderes Wesen heut? – Sie geht in den Kuhstall. Der glotzende Blick der alten Scheck, so scheint es ihr, weiß alles.

Nachdem sie gemolken hat und auch die Kühe auf die Weide geschickt, steht sie in der Küche und macht das Frühstück. Eben richtet sie die Tassen auf den Tisch, da geht die Tür auf, und die alte Krenödermutter, ganz in schwarze Trauer gehüllt, humpelt herein, ein großes gerahmtes Hochzeitsbild in der Hand. »Bäuerin«, sagt sie, »ich möcht habn, daß dös Bild wieder aufghängt wird in der Stubn.« Dabei geht sie gleich ans Werk, klettert auf das Kanapee, nimmt das Porträt ihres Sohnes von der Wand, das mit einem Trauerflor geschmückt war, und hängt dafür das hochzeitliche Doppelbildnis hin. Dann streift sie auch noch die schwarze Schleife von dem Rahmen des ersten Bildes und umgibt damit das alte Hochzeitsbild.

Nach ihrer vor kurzem erst erfolgten zweiten Verehelichung hatte die Theresia die alte Brauttafel mit dem eigens vergrößerten Paßfoto ihres ersten Mannes ausgewechselt, denn an derselben Wand hing ja nun auch das neue Hochzeitsbild. Es ging ihr nämlich wider Geschmack und Herkommen, ihre eigene bräutliche Person zwiefach, und obendrein jedesmal mit einem anderen Bräutigam, dicht beieinander an ein und derselben Wand hängen zu sehen. Nach dem Willen der alten Bäuerin war das soeben aber doch wieder eine Tatsache geworden.

Unfähig zum Protest stand sie nun da und starrte auf die Wand über dem Kanapee. Einmal sah sie sich in gereifter Fraulichkeit an der Seite des Irzn-Toni von Niedereingerin glücklich lächeln, und einmal sah sie sich, um gute acht Jahre jünger, in bräutlichem Stolze, ja fast hochmütig, dicht neben dem Krenöder-Georg.

»Bist sein Weib gewesen sieben Jahr lang, bis der Tod

euch geschieden hat, net wahr?« Die alte Frau lächelt. »Ja, ja, du gehörst schon noch zu ihm, ganz und gar; er hat dich zur Krenöderin gemacht, net der Toni. – Und Braut und Bräutigam gehören z'samm.«

Mit Behendigkeit ist die greise Mutter wieder von dem Kanapee herabgeklettert. Vielleicht haben sie die nächtlichen Ereignisse jetzt ganz verrückt gemacht? Seit dem jähen Tod ihres Sohnes hat es dafür schon Anzeichen genug gegeben. Jetzt steht sie neben der jungen Krenöderin und blickt ihr lachend ins Gesicht. »Gefällst du dir nicht in deiner unkeuschen Doppelbödigkeit, Bäuerin? Ist ein schönes Leben mit zwei Männern an der Wand überm Kanapee. Nicht jedes Weib darf so einen Spaß erleben.«

»Herrgott, krieg ich denn keine Ruh mehr?« stöhnt die Theres und hält sich die Augen zu. Aber die Alte hebt wieder den Zeigefinger: »Er hat noch a Geschäft zu verrichten auf dieser Welt, hat er gsagt, der Girgl, mein Bua'; und gwiß hat er die Fotografie gmeint, sein Hochzeitsbild; und daß es wieder hin muß an die Wand.« Hierauf verneigt sich die Mutter vor dem Bild, humpelt zur Stubentür, wo der Weihwasserkessel hängt, greift mit ihren dürren Fingern hinein, bekreuzigt sich und spritzt dann kräftig Weihwasser in die Richtung des Brautbildes. Dazu betet sie: »O Herr, gib ihm die ewige Ruh!« Da fällt es der Bäuerin auch ein, daß sie beim Herrn Pfarrer mehrere Messen lesen lassen will. Sie beeilt sich mit dem Frühstück, will schon den Mann rufen, der gerade zur Tür hereinkommt.

Der Krenöder läßt es sich schmecken. Aber er ist schweigsam, und seine Gedanken sind bei den Vorgängen der Nacht. Auch er hat schon einen neuen

Schrecken überstanden heut früh. Wie er den neuen Schlepper aus der Garage gefahren hat, hat er in den Maschinenschuppen hinein müssen, um den Kunstdüngerstreuer herauszuschieben. Dieses Gerät aber befand sich ganz hinten in der Ecke neben dem immer noch schwer beschädigten alten Unfallschlepper. Daß diese Maschine noch immer da stand, war ein reiner Zufall. Der Mechaniker hatte nämlich damals sofort einen neuen Traktor auf den Hof gebracht und dabei die Bäuerin dazu überredet, die Unglücksmaschine doch lieber zu behalten als zu verkaufen, denn einen zweiten Schlepper könne man immer gut gebrauchen. Er werde sie bei Gelegenheit abholen lassen und sie preisgünstig reparieren. Das war aber immer noch nicht geschehen, obschon inzwischen mehr als ein Jahr vergangen war. So sind die Mechaniker alle, sie wollen nur immer Neues verkaufen.

Der neue Krenöder hatte nun den zerbeulten Schlepper seit seiner Hochzeit vor drei Wochen schon zwei- oder dreimal angeschaut und sich nicht viel dabei gedacht; hatte ihn auch einmal angelassen, denn gar so weit hat es nicht gefehlt; aber heute hatte ihn die Maschine beim bloßen Anblick mit Entsetzen erfüllt. Er wagte sie kaum anzusehen, dabei mußte er, um den eingeklemmten Kunstdüngerstreuer herauszukriegen, den alten Schlepper sogar besteigen, ihn anlassen und einen Meter zurückstoßen. Als der Todestraktor aufheutlte, dessen Fahrersitz total verbeult und verrissen war, mußte er für Augenblicke die Augen schließen und die Zähne zusammenbeißen. »Dös is er! Der gleiche Klang!« Er war sich sicher, daß der Geist seines Vorgängers mit dieser Maschine seinen mitternächtlichen Spuk vollführt

hat. Der Schlepper war ja nicht tot. Und ein Traktor kann niemals ein Gespenst hergeben. Wohl aber kann sich eine geisternde Seele dieser Maschine bedienen. Seine Gedanken machten ihn furchtsam.

Während er nun beim Frühstück sitzt und seine spiritistische Philosophie zu noch unheimlicheren Schlußfolgerungen kommt, betritt seine jungvermählte Frau, in Schwarz gekleidet, die Stube, wirft einen sturen Blick auf die beiden Fotografien über dem Kanapee und sagt dann wie in tiefer Trauer: »Ich geh jetzt in d' Kirch und red aa mit'm Herrn Pfarrer.« Dann nimmt sie den Weihbrunn, bekreuzt sich, spritzt auch etwas Weihwasser gegen das Kanapee und sagt: »Der Herr geb ihm die ewige Ruh!« Worauf sie gleich zur Türe hinaus will.

»Wart noch a Weil', Resi«, ruft da der Mann, »geh zum Mechaniker und sag ihm, er soll den Schlepper holen.« Und mit viel kräftigerer Stimme fügt er hinzu: »Er soll ihn endlich holen, sagst ihm!« Und dann schrie er und schlug mit der Faust auf den Tisch, daß die Kaffeetassen tanzten: »Der Schlepper muß weg! – Heut noch muß er weg! Sag's ihm!«

»Ja!« sagt sie nur folgsam und verschwindet.

Das fromme Gehabe seiner Bäuerin ist dem Toni fremd. Er streicht sich ein neues Butterbrot und denkt sich: ein Weib, und wenn es noch so lustig ist, vertreibt sich die Angst mit Weihwasser. – Aber warum besprengt sie ausgerechnet das Kanapee? – Er wendet nun doch den Kopf gegen das Sofa und sieht es lange an. Er kennt den Bezug, und er erinnert sich. Denkt sie auch daran?

Natürlich denkt sie daran. Sie haben ja erst vorgestern davon geredet, im Bett, und sie haben gelacht dabei und waren voll des Übermuts gewesen. – Und jetzt spritzt sie das Weihwasser auf dieses ihr liebheimliches Kanapee, als ob es vom Teufel besessen wär. – Der Schlepper muß noch heute weg! –

Dieses Kanapee spielt in der weitläufigen Liebesgeschichte der jetzigen Krenöderleute eine große Rolle. Es war ein Stück von Resis Aussteuer gewesen, als sie vor mehr als acht Jahren auf dem Krenöderhof ihren festlichen Einzug gehalten hatte. Das Möbel war damals schon nicht mehr ganz wie es sich für ein bräutliches Kammerwagenstück eigentlich gehört hätte, denn der Sabi von Obereingerin hatte seinen Töchtern die Aussteuer schon während ihrer Jungmädchenjahre Stück für Stück anfertigen lassen, damit zum Zeitpunkte der Verheiratung die Auslagen nicht mehr gar so hoch kämen. Er war ein vorsorglicher Mensch, der Sabi, und wenn ihm seine Bäuerin dagegenredete, weil vielleicht das eine oder andere Stück der Brautausstattung am Hochzeitstage nicht mehr modern genug sein werde, sagte er nur: »Was meine Töchter vor der Ehe kriegen können, das haben sie, und sie brauchen es dann in der Eh' nicht mehr zu kaufen.«

Nach diesem väterlichen Grundsatz also war die Resi schon in ihrem 17. Lebensjahr zu diesem Kanapee gekommen. Es stand in ihrer überfüllten Mädchenkammer auf dem Sabihof zu Obereingerin und hatte dort fast fünf Jahre auf die Hochzeit warten müssen. Das heißt, wenn man streng gesetzlich rechnet. Da die Observanzen im Ober- und Unterland Bayern aber recht zahlreich und unterschiedlich ausgelegt werden, kommt so manches Kanapee in den vorzeitigen Genuß seiner Nützlichkeit. Und ein Kanapee ist in der moral-

theologischen Spitzfindigkeit des gemeinen Volkes halt doch noch kein Bett.

Die erste große Liebe der Theresia war nun tatsächlich ihr jetziger zweiter Mann gewesen. Die beiden waren gleich alt, und da der Sabi nur Töchtcr hatte – und bei Töchtern das Recht der Erstgeburt nicht so viel bedeutet wie bei Buben – konnte ein jeder der Verehrer der Sabitöchter auch den Hof mit im Auge behalten. Aber, wie die Brennberger-Lies, die Leichenfrau der Pfarrei Geisling, in ihrer stehenden Redensart immer sagt: »Meistens kimmt alles anders wia man hofft!«

Bei mehreren Töchtern bekommt den Hof niemals die hübscheste, sondern stets die häßlichste. Und die Resi war hübsch, sie wurde Krenöderin. Und der Irzn-Toni, ein nachgeborener Bauernsohn, der über keine Immobilien verfügte, hatte das Nachsehen. Der Abschied damals war bitter gewesen, das kann das Kanapee bezeugen. Aber man war ja nicht aus der Welt. Der Irzn-Sohn hatte auch weiterhin kein Glück bei den Hoferbinnen und diente als Knecht die Jahre über, bis die Krenöderin frei war. Soweit die Liebesgeschichte von Toni und Resi.

Mehr kann man nicht erzählen. In Anbetracht der unheimlichen Ereignisse auf dem Krenöderhof schon gleich gar nicht. Auch soll hier noch einmal ausdrücklich vor dem Geschwätz der Leichenfrau gewarnt werden, damit jedermann vor einer Klage wegen übler Nachrede bewahrt werden möge. Aber denken läßt sich viel.

Der jetzige Krenöder also betrachtet kauend das Kanapee und schüttelt den Kopf. Daß sie es gleich mit Weihwasser besprengt, ist ihm zuwider. Und warum hat sie das schwarze Gewand angezogen? Bei allen neun Teufeln, der Schlepper muß heute noch weg! Plötzlich verspürt er das Verlangen, seinen Vorgänger auf der Fotografie noch einmal gründlich anzusehen. Er blickt auf die Wand über dem Kanapee und bemerkt entsetzt die Veränderung. Was ist jetzt das? Ist denn der armen Seel die nächtliche Schlepperfahrt nicht genug? Will er ihm das Weib zum zweitenmal ausspannen? – Zornig läßt er den Kaffee stehen. Der Appetit ist ihm vergangen. Was zuviel ist, ist zuviel.

Er rennt gegen die Wand und will das Bild herunterreißen, besinnt sich aber im letzten Augenblick eines Besseren und eilt hinaus in den Hof, steigt auf seinen neuen Traktor, scheppert aufs Feld hinaus und streut Kunstdünger.

Der Nebel verzieht sich im Laufe des Vormittags, ein später Herbsttag wirft sein blaues Licht über die dunkelbraunen Äcker. Oben auf dem Breitacker entdeckt er die Spur des gespenstischen Schleppers. Sie ist tief und kräftig. Der Geist muß etliche Male hin und her gefahren sein, ehe sie in ihrer Schlafkammer wach geworden waren!

Er hat also richtig vermutet: Der Traktor war echt, nur der Steuermann war ein Geist.

Oben am Berg führt die Spur aber ins jenseitige Tal hinab und mündet auf die Dorfstraße. Das gibt ihm neue Rätsel auf. Wollte der Geist seines Vorgängers nicht zu Fuß in den Kirchhof zurück? Und wie aber kam der Schlepper wieder in seine Maschinenhalle? – Er sieht das Dorf und den Kirchhof, spürt die Familiengrabstätte der Krenöder. Auch er wird einmal da drinnen liegen. Was will denn der Girgl von ihm und der

Resi? Er war doch zeitlebens ein friedlicher, stiller Bauer gewesen. Er hat ihn immer gegrüßt, und er hat sich nie etwas Verdächtiges anmerken lassen. Er hätt' auch nichts gewußt. Das Gespenst war zu Lebzeiten ein gutmütiger Lapp gewesen. Wie doch der Tod die Menschen verändert!

Mittags sitzen sie schweigend am Tisch. Nur die alte Bäuerin hebt einmal ihren dürren Zeigefinger in die Höhe und sagt: »Von mir aus darf er die heutige Nacht wieder ackern, der arme Bua! I fürcht' ihn net!«

Die junge Frau bringt kaum einen Bissen hinunter. Der Krenöder ißt mit Appetit. Er läßt die Alte ausreden, schweigt noch eine Weile dazu und meint dann: »Gegen a Armes-Seelen-Lichtl hab ich nichts, Muatter, aber seit wann geistern die Leut im Fegefeuer mit zwei Scheinwerfer herum? – Ist schon recht, daß im Himmel droben jetzt auch mit der neuen Zeit gehen, aber ob sie dös aa im Fegefeuer dürfen, das möcht ich bezweifeln.«

»Versünd' dich net, Bauer! Wer über die armen Seelen spott', den greifen sie einmal hart an da drent.« Sie steht auf, geht zum Weihwasserkessel und besprengt nochmals das Kanapee, die Bäuerin, den Bauern und sich selbst. Dann humpelt sie in ihre Kammer hinaus.

Der Nachmittag vergeht langsam. Und nach dem Abendessen will der Bauer lang nicht ins Bett gehen. Er trinkt vier Flaschen Bier und verraucht einige Schachteln Zigaretten. Es ist schon elf Uhr, als ihn endlich doch dic Müdigkeit überfällt und er mit seiner Bäuerin die Schlafkammer aufsucht. »Laß ihn nur wieder ackern, den Geist, ich mach mir meine eigenen Gedanken«, sagt er noch und dann dreht er das Licht aus.

Das Gemüt der Frau aber ist ganz zerrüttet. – »Der Herr Pfarrer«, sagt sie, »der hat mich direkt ausgelacht. In den Flitterwochen träumen die meisten Frauen nur Schönes, hat er gesagt. Und ob wir uns schon gestritten hätten, wollt er wissen!«

Sie hatte kaum ausgeredet, als durch das Dunkel der Nacht herein wieder das scheppernde Geräusch eines ackernden Traktors zu hören war, und auch die Scheinwerfer tasteten sich den Breitacker entlang. Es war der gleiche Spuk wie gestern und für die Krenöderin, obschon bekannt, nicht weniger furchterregend. »Mariand Josef, schon wieder!« Sie hatte das gleiche Herzklopfen wie gestern, hielt sich aber die Ohren zu und schlüpfte unter die Decke. Und sie betete.

Aber der Krenöder ist beim ersten Ton aus dem Bett gesprungen, in Hosen und Schuhe geschlüpft und er ist hellwach: »Kein Licht machen, Resi, der soll meinen, wir hören ihn nicht! – Aber ich möcht heut a Gewißheit haben. I hab noch nie a Gespenst gesehen. In meinem ganzen Leben noch nicht. Es kommt keiner zurück, heißt's. Keiner.«

Vor so viel Kaltblütigkeit muß man Respekt haben, und auch die Bäuerin hat ihn. Sie sagt aber doch, wie es der Brauch ist in solch eiskalten Augenblicken des heißen Lebens: »Um Gottes willen, Toni! Versünd' dich net!«

Das aber hört der Bauer schon nicht mehr, denn er rennt die Treppe hinunter, den Hof hinaus und den Berg hinauf. Er will den Vorgänger zur Rede stellen, will ihn fragen, ob er denn auch an das Geschwätz der Brennberger-Lies glaube, will von ihm die Ruhe haben und ihm die ewige Ruhe gönnen. Er hat keine Angst

mehr. Ja, wenn es sein muß, so würde er mit dem Gespenst auch handgreiflich werden.

Und richtig, da ist er mit dem unheimlichen Schlepper auch schon zum Greifen nahe. Er hat sich einen Vorteil erlaufen, bleibt nun stehen und wartet, bis der Traktor näher kommt. Es macht ihm nichts, daß er von dem Lichte des gespenstischen Schleppers bereits erfaßt wird. Soll er ihn nur rechtzeitig sehen. Dann braucht er sich nicht vorstellen.

Für einen Augenblick packt ihn aber dann doch die Angst, denn wie er, geblendet von den Scheinwerfern, dem daherkommenden Fahrzeug entgegensieht, kommt es ihm vor, als säße niemand im Führersitz. Wenn das so ist, Herrgott, was dann? –

Jetzt hätte er selber keinen Tropfen Blut mehr hergegeben. – Dann aber kam der Schlepper an ihm vorbeigefahren, und er sieht es deutlich, daß da doch eine Gestalt oben hockt. Es wird schon nicht gleich der Teufel sein, denkt er sich und springt auf den fahrenden Traktor, ergreift den Sitz, legt tollkühn die Hand auf die Schulter des Fahrers. – »Bist ein Geist oder bist ein Mensch? – Dein Traktor jedenfalls ist echt!«

In diesem Augenblick nähern sie sich auf etliche Meter der Böschung. Der Fahrer gibt Gas, hupt und schreit fürchterlich. Aber der neue Krenöder bleibt auf seinem Posten. Bis auf ein paar Zentimeter fährt der metallene Ackergaul an die Böschung heran und schlägt aber dann jäh das Steuerrad nach rechts ein und schaltet zugleich die Zündung ab. Der Lärm verhallt, und es tritt eine fürchterliche Stille ein.

Der Krenöder hält das vermeintliche Gespenst mit beiden Armen fest und sagt dann: »Du bist a Mensch und kein Geist und bist aa net in den Hohlweg gfalln. Raus mit der Sprach, wer bist du? Mein Vorgänger bist net, so viel hab ich schon gspannt. Nimm deine Larven vom Gsicht oder ich hau's dir oba, daß d' aussiehst wie a wirklichs Gspenst.«

Da nahm der Gespenstermann seine Kapuze ab. Und es war der Fürwetzen-Sebastian, der Schwiegersohn der alten Krenödermutter. »Nichts für ungut, Toni«, sagte er, »ich hab bloß einen kleinen Spaß machen wollen. Verstehst? Frühers haben wir das doch auch gemacht! Und a Spaß ist doch überalln erlaubt.«

»Deine Spaßettln kenn ich«, schimpfte der Toni und jetzige Krenöder und er hatte eine fürchterliche Wut auf den Schwager seines Vorgängers. »Die Res wär mir bald gestorben vor Angst, und ich hab aa net schlafen können. Das wird noch ein Nachspiel geben, dein Spaß, Lump, schlechter!«

Aber der Fürwetz blieb bei seiner Entschuldigung, daß es ihm nur um einen alten Brauch gegangen wäre, und weil gerade Allerseelen sei, wollte er halt ein bißchen lichteln. Der Krenöder ließ sich aber nicht besänftigen: »Na, mein Lieber, aus Gaudi hast du dös net getan. Du hast dir was ganz Abscheuliches denkt dabei, und dafür zoag i di an, daß du's weißt!«

Da lachte der Fürwetz und meinte: »Sag mir's halt, was ich mir dabei denkt hab, sag mir's!«

»A Lump bist«, schrie der Bauer zurück.

»Unschuldige Leut täten sich net fürchten, es habts also doch a schlechts Gwissn!«

Das hätte er nicht sagen dürfen, denn jetzt wurde der Toni handgreiflich. Wütend drehte er sich um, sprang auf den Traktor und schlug dem Fürwetz seine Faust ins

Gesicht. Es kam zu einer wüsten Schlägerei, deren Spuren man noch nach acht Tagen in den Gesichtern der beiden Kontrahenten sehen konnte.

Aber weil die schlimmsten Gespenstergeschichten manchmal auch gut ausgehen können, kam es vor dem Bürgermeister bei einem Sühnetermin zu einem Vergleich der Partner. Der Fürwetz mußte hundert Mark in die Armenkasse der Gemeinde bezahlen, der Krenöder nur zehn Mark wegen Körperverletzung. Die Fürwetzin bekam keine Mark Heiratsgut nachbezahlt, denn der Krenöderhof blieb in ›fremden Händen‹. Das Krenödergrab aber wird eines Tages auch diese Hände aufnehmen.

Vor der Fernsehzeit

Wer heute fünfunddreißig, ja vierzig Jahre alt ist, kann sich nicht mehr an die fernsehlose Zeit erinnern. Eine achtzigjährige Bäuerin weiß auch noch von Unterhaltungen ohne Radio. Als Zeitung hat man nur das Wochenblatt gekannt oder den »Liebfrauenboten«. Und der war beliebt ob seiner vielen Heiratsannoncen. – Jetzt glauben Sie nur nicht, die langen Winterabende wären unerträglich langweilig gewesen. Die Welt war klein. Die Phantasie groß. Hat sich einmal gar nichts gerührt, hat ein Gespenst oder eine Drud herhalten müssen. Schön war's. Und unterhaltsam.

Den Bauernleut ist nichts abgegangen. Es hat sich keiner abgeschnitten gefühlt in seinem entlegenen, verschneiten Dorf. Die Welt ist ihnen auch im Winter noch groß genug gewesen: Hof und Stall, der Nachbar, der Wald und das Dorf. So weit ist man allemal gekommen. Und einem Burschen, der einen Schatz gehabt hat, dem haben die kältesten Nächte und die tiefsten Schneewehen nichts ausgemacht. – Das waren auch noch die Zeiten, wo auf dem Hoangart erzählt und gesungen worden ist. Und was für Geschichten! Und was für Lieder! Den Weiberleut hat es gefallen – und das war wichtig.

Die Kraft einer unverdorbenen Phantasie ließ an Geister, Hexen und Druden glauben. Und unverdorben war an der Phantasie der alten Leut alles. Das ist die unterscheidende Hauptsach zwischen früher und heut: Die Kraft des Glaubens und Aberglaubens. Nicht so sehr Technik und moderne Wirtschaft trennt unsere Welt von der unserer Großväter. Das ist nur ein anderes Milieu, der Mensch wäre der gleiche. Die Alten waren auch andere Leut. Sie glaubten an Hexen und Druden, an Bockschneider und Teufelserscheinungen. Und wenn sie etwas Bedeutsames unternahmen, dann mußten Tag und Mond und Jahr das rechte Zeichen haben. Sie glaubten auch mit aller Inbrunst an die Kraft und Macht der Heiligen. Heut tun das nicht einmal mehr die Geistlichen. Hier haben sich Mensch und Welt verändert. Der Glaube ist eine gewaltigere Seelenkraft als die Wissenschaft. Und gleich gar als das Fernsehen!

Also daß ich's erzähl: Im Januar, wenn's saukalt gewesen ist und finster, wenn auch tagsüber der Nebel nicht weg ist, da hat früher besonders die Drud umgehen müssen. Die Drud? – Etwas ganz anderes wie eine Hex! Eine Hexe hat man verabscheut, hat man gefürchtet und ist ihr aus dem Weg gegangen. Eine Hexe ist auch selbst schuld gewesen an ihrer Hexerei. Eine Drud nicht. Der Drud ist ihr Schicksal aufgesetzt gewesen, und sie ist meist eine unschuldige Jungfrau gewesen, eine junge, kräftige Bauerndirn. Und verbrannt worden sind die Druden bei uns niemals. Man hat sie eher zu heilen versucht.

Die Drud hat sich nachts in die Schlafkammern geschlichen, hat sich auf einen draufgesetzt und hat gedrückt und gedrückt, daß einem die Luft weggeblieben ist und man keinen Atem mehr bekommen hat. Schreien hätte nichts genützt.

Die Drud hat von einem erst abgelassen, wenn man aufgewacht ist. Oder es mußte sie jemand beim Namen nennen.

Eine Drud ist auch manchmal aufs Vieh losgegangen. Und die Tiere haben es sofort erkannt, wenn eine Drud den Stall betreten hat. Da stellten die Stuten und Hengste ihre Schwänze auf, fingen zu zittern und schnaufen an. Sie ächzen gar furchtbar, wenn sie von einer Drud geritten werden. Und in der Früh stehen sie dann im Stall, schwitzend und patschnaß, rauchend und dampfend. Die Rösser, auf denen die Drud geritten ist, haben geflochtene Zöpfe in den Mähnen. Und machmal gar im Schwanz.

Nun, welches Mädchen war dazu verdammt, eine Drud werden zu müssen? Eine Drud ist durch und durch unschuldig. Man hat mit einem solchen Ding eher ein Mitleid. Eine Drud ist meistens eine geworden, mit so achtzehn, neunzehn Jahren. Ohne daß sie es sich gewünscht hätte. Ohne daß sie überhaupt jemals daran gedacht hätte. Und es gilt alles andere als eine Auszeichnung, wenn eine Jungfrau plötzlich von der ›drückenden Sucht‹ befallen wird. An ihrem Unglück ist der Pfarrer oder der Kooperator schuld gewesen, der sie einstmals getauft hatte. Wenn nämlich der Geistliche bei der Taufe von so einem unschuldigen Dirndl ein einziges Wörtl grad ausläßt, dann kann aus dem weiblichen Täufling später eine Drud werden. Darum haben sich die Geistlichen früher auch besonders zusammengenommen bei einer Taufe, daß ja alles richtig gemacht wurde, eine jede Zeremonie. Daß das Lateinische deutlich gesprochen und richtig betont wurde! Und daß ja kein Wort vom Exorzismus ausgelassen wurde!

Aber manchmal ist es einem alten Herrn oder einem ganz jungen Kooperator halt doch passiert. Vielleicht hat er dem Täufling zu viel oder zu wenig Salz auf die Zunge gelegt. Oder es war das Katechumeneöl schon zu abgestanden?

Mein Großvater hat selber noch zwei Mädchen gekannt, die bei der Nacht zum Drücken gehn mußten. Er hat mir die Geschichten ausführlich erzählt und auch das, wie er selber die eine von ihrem Unglück erlösen hat können, daß sie nicht mehr hat drudeln müssen. Bei der anderen sei das Experiment freilich schiefgegangen.

Es ist eine gar gräusliche und unheimliche Geschichte. Aber ich hab den Diskurs noch gut im Kopf, den er geführt hat mit jener Drud, mein Großvater selig. Es mag nach dem Siebzigerkrieg gewesen sein – vor gut hundert Jahren –, alles ist bereits im Bett, nur mein Großvater, ein noch junger Bauer damals, hockt in der Stube und trinkt eine warme Milch, weil er ein wenig erkältet gewesen ist. Da geht auf einmal die Stubentür auf, und die Mitterdrin, eine recht fleißige und tüchtige Person von neunzehn Jahren, kommt herein und sagt:

»Ich kann nicht schlafen. Mich treibt's. Ich weiß nicht, was mit mir ist, ich kenn mich selber nicht aus. – Geh ins Bett, Bauer, ich bleib auf. Ich muß aufbleiben.«

Der Bauer, mein Großvater, sieht verwundert auf. Und er ahnt gleich das Unheimliche im Inneren dieser jungen Magd.

»So? Was treibt dich denn, Moni?«

»In die Händ gspür ich's, in meine Händ! Und meine ganze Körperschaft rumort. – Es kann mir niemand helfen!« Sie beginnt zu weinen und wischt sich mit dem Zipfel ihres Nachtgewandes die Tränen aus dem Ge-

sicht. Mein Großvater zeigt ihr sein Mitleid. Er hat sich ja schon lange über die neue Magd seine Gedanken gemacht.

»Ja, ja, Monika – ich denk mir's schon die ganze Zeit, daß mit dir etwas nicht stimmt. Es reißen die Roß allweil ihre Schädel in die Höh, wenn du vorbeigehst im Stall.«

»Ein armes Luder bin ich, Bauer! Aber ich hab nichts verbrochen. Glaub mir's!«

»Bist schon beim Pfarrer gwesen?«

Sie antwortet rasch und unerbittlich: »Na.« Sie hatte Angst vor dem Priester, der ihr doch leicht den heidnischen Drudentrieb hätte nehmen können.

»Wie ich's mir gedacht hab!« seufzte mein Großvater. »Genauso ist es. – Drückt dich denn dein Gewissen nicht?« Manche Druden haben wenigstens ein schlechtes Gewissen. Aber auch nur am Anfang ihrer Druderie. Die Monika gehört zu diesen Anfängerinnen, denn sie schluchzte wieder laut auf: »Und wie, Bauer, ich kenn keine Freud, ich kenn nichts mehr. Am liebsten ging ich ins Wasser.«

»Das ist kein schlechtes Zeichen«, tröstete mein damals noch jugendlicher Großvater die hübsche Magd. Trotzdem mußte er daran denken, daß der kleine Seppei vorige Woche bei der Nacht schier erstickt wär. Wenn die Bäuerin nicht munter wird, kriegt der Bub keine Luft mehr, so fest ist ihm die Zudecke aufgedrückt gewesen.

Weiß Gott, der Dirn muß geschwind geholfen werden! Laut aber sagte er zu ihr:

»Sind nicht vorgestern zwei Ferkl tot im Saustall gelegen?«

»Es ist mir in der selbigen Nacht noch einmal ein Span aufgesteckt worden. Darum hab ich nicht ablassen dürfen.« Die junge Drud brach erneut in Tränen aus. Mein Großvater aber las ihr jetzt die Leviten.

»Verrats auch noch, deine sauberen Kunststückl! Schäm dich!«

»Gewiß ist's wahr. Solange ein Span brennt, muß ich drucken. Da hilft nichts. Mir ist es eh zuwider genug. – Kann mir denn gar niemand helfen!«

Und immer wieder mußte sie sich die Tränen aus dem Gesicht wischen.

»Freilich erbarmst du mich! Aber wie soll ich dir helfen können, Dirndl? – Da bin ich mir zu wenig gescheit.«

Der Großvater wollte schon am liebsten ins Bett gehen, da fing die junge Drud wieder an, äußerst erregt und unruhig zu werden.

»Heut spür ich's wieder, meine Hände jucken. Ich muß etwas drücken, ich muß was erdrücken! Hilf mir, Bauer! Hilf mir! – Was Schlafendes muß her, was Weiches, was Lebendiges, was Lindes!«

Und sie kam gar dem Großvater ziemlich nahe, so daß er sehr standhaft bleiben mußte.

»Eine Drud bist, eine Drud!« schrie er sie schließlich an in der mitternächtlichen Stube.

»Ja, Bauer, i bin eine«, sagte sie in großer Natürlichkeit. »Es kann mir kein Mensch mehr helfen!«

»Ich bin mir zuwenig gescheit«, antwortete nun abermalen mein bedrängter Großvater. Aber sie hat es besser gewußt.

»Du kannst mir helfen, Bauer!«

»Was?«

»Ja, wennst möchtest, könntest du mir gar leicht helfen.«

»Sag mir wie, ich hilf dir, weil du mich erbarmst und weil du eine so gute Drittldirn gewesen bist. Gern helf ich dir auch noch.«

Meinem Großvater standen schon kalte Schweißperlen auf der Stirn, so sehr hat ihn die junge Drud aufgeregt.

»Es kostet dich aber etwas. Und nicht wenig«, flüsterte die Magd. Und sie fing wieder unheimlich zu zittern an.

»Wieviel denn nachand?«

»Laß mir deinen Bräunl über! Heut nacht nur, deinen Bräunl«, bettelte sie ungestüm.

»Ich erdruck' ihn und dann bin ich frei. Ich spür's in meinen Händen, daß ich danach frei bin. Frei wie ein anderes Dirndl auch.«

»Ein teueres Geschäft.« Der Großvater weigerte sich, denn der Bräunl war ihm ein zu kostbares Pferd.

»Sonst kann ich mir nimmer helfen. Und wann ich ihn selber erdruck, ohne dein Wissen, Bauer, dann hilft's nichts. Du mußt es erlauben.«

Auch die Druden haben ihre Sitten und Bräuch. Da war jetzt guter Rat teuer. Aber geholfen mußte dem armen Mädchen werden.

»Mein Bräunl, mein bestes Roß im Stall? Geschmack hast keinen schlechten, du Luder-Drud, du! – Wer hat denn dich getauft? – Wenn der Herr noch lebt, muß er mir den Bräunl bezahlen! Hätt er bei der Tauf besser aufgepaßt! – Teufel nein, mein Bräunl!«

»Sag ja, Bauer, ich weiß mir sonst ein anderes Opfer! Ein vielleicht noch teureres!«

Jetzt mußte er einwilligen, denn seine Bäuerin hatte ihm nur einen Sohn geboren.

»Von mir aus, spinnerte Dirn, damit du erlöst bist.«

Er drückte ihr die Hand wie einem Viehhändler auf dem Markt. Aber die Monika stieß ihn jetzt weg und zischte ihn mit funkelnden Drudenaugen an.

»Geh ins Bett und sag niemanden etwas! Kein Mensch darf was wissen! Geh!«

»He, he!« Gerade jetzt wollte der Großvater noch bleiben und ihr womöglich zusehen, wie sie den Bräunl im Stall würde drücken und ob sich der Gaul so etwas auch gefallen ließe. Aber die Befehlsgewalt der jungen Drud war unheimlich, und der Großvater mußte ihr einfach folgen.

»Geh, sag ich! – Dein Bräunl ist morgen tot. – Und ich bin erlöst.«

So hat es mir mein Großvater erzählt. Ich hab kein Wort geändert an der Unterhaltung, die er in jener Nacht mit der Drud geführt hat. Der Großvater ist also ins Bett, und die Drud hat drei Span aufgesteckt und ist dann in den Roßstall hinaus. Das andere läßt sich denken.

In der Früh, wie der Bauer in den Stall schaut, liegt das schöne Roß tot im Stroh. Erstick, erwürgt. – Aber von der Mitterdirn sieht und hört er nichts. – Am Mittag immer noch nicht. – Wie er in ihre Kammer schaut, in ihr Bett, liegt sie maustot drin. Auch erstickt, auch erwürgt.

Der Bräunl ist ihr über die Kraft gegangen, hat der Großvater gemeint. »Das Roß war zu stark. Hätt ich ihr eine Gans, eine Henne oder wenigstens ein Kalb angeboten, würde sie noch leben.«

So hat er später immer wieder gesagt. Und er hat sich ausgekannt mit den Gesetzen der Druderie.

Denn vier Jahre später, wie er wieder eine solche Mitterdirn gehabt hat, die nicht ganz sauber gewesen ist und die drückende Sucht gehabt hat, da hat er der armen Magd eine Henne zum Drücken freigegeben. Die hat es auch getan. Und das selbige Madl hat keine Drud mehr sein brauchen ihrer Lebtag. – Es hätte freilich auch noch eine andere Medizin geholfen, steht in einem alten Hexen- und Drudenkalender. Aber davon hat der Großvater, der selber gut verheiratet gewesen war, wahrscheinlich nichts gewußt.

Was soll man dazu sagen? Glaub's und glaub's nicht! Der Großvater hat's geglaubt. Der Vater nicht mehr, und wir, wir lachen darüber. – So ändern sich die Zeiten, und der Mensch glaubt immer wieder etwas anderes. – Mein Großvater jedenfalls war unschuldig am Tod der Magd und am Tod des Pferdes.

Der Mähdrescher

Das ist kein Vergleich mit der Schinderei vor fünfzig Jahren. Jetzt geht es mit der Ernte kommod, auch in den Kornkammern Bayerns. Die Mähdrescher rattern über die Felder. Sie mähen nicht nur, sie dreschen dazu. Bald kommen die Brezln und Semmeln hinten hinaus. War das eine Plagerei gewesen! Zehn Mäher und zehn Garbenbinderinnen haben gut vierzehn Tage auf dem Berlesdorfer seinem Weizenacker geschuftet. Tausend Weizenmandl haben sie einmal gezählt. Und war der große Weizenacker damals nur 180 Tagwerk groß. Heut sind es an die 230 Tagwerk.

Der Hoferbe ist bei den Karmeliten in die Schule gegangen. Der Otto Berlesdorfer ist ein für unsere Zeit sehr frommer Bursch. Kein Vergleich mit seinem Vater, der schon Bullenmast und Schweinezucht betrieben hat, immer die größten und neuesten Maschinen kauft und jetzt 360 000 Mark auf der Raiffeisenbank Schulden hat. Das ist zwar nicht viel für den schönen Hof mit 260 Tagwerk bestem Grund, aber die Zinsen reißen jedes Jahr ein großes Loch in das Budget. Den neuen Traktor und den überdimensionalen Mähdrescher hat er jetzt ohnehin geleast.

Na, na, es ist noch nicht schlimm, seitdem er nur noch Weizen und Zuckerrüben baut. Soll der Otto sich einmal putzen. Die beiden Töchter wollen Krankenschwester und Arzthelferin werden, fahren allerdings vor ihren Examina schon eigene Wägen. Wo jetzt der Zentner Weizen nur noch zwölf Mark und fünfzig kostet, bleibt dem Berlesdorfer nicht mehr viel übrig. Er will im Herbst dem Otto den Hof übergeben. Wenn er bei den Preisen nicht mehr mag, soll er ihn verkaufen. Für ihn und für die Mutter wird es reichen. Hunderttausend möchte er als Austrag. Dazu die Bauernrente, den Baugrund an der Straubinger Straße, sein Austragshäusl, dann kann der Euro kommen! – Das ist seine Philosophie.

Die beiden Schwestern muß er auch ausbezahlen. Eine jede möchte da schon hunderttausend. Er hat seinerzeit auch drei Schwestern und einen Bruder hinausbezahlen müssen. Sein Vater gleich fünf Schwestern und zwei Brüder! – Damals, in der noch königlichen bayerischen Zeit um anno 1913, hat der Zentner Weizen aber auch bereits 12 Mark gekostet. Das bedenken die heutigen Landwirtschaftsräte und Direktoren zuwenig. »Nix da, ich mag nicht mehr, das ist meine Philosophie«, wiederholte er und ging mit dem Otto zum Notar. »Das werden dann ungefähr sechs- bis siebenhunderttausend Hypothekenschulden, da weiß ich nicht, ob die Raiffeisenbank noch mitgeht«, sagt der Herr Notar und bereitet aber dennoch die Übergabe für den 15. September vor.

Otto braucht eine kurze Bedenkzeit. Der Weizen steht nicht schlecht auf dem großen Feld. Aber halt die Preise! Und wenn wir siebzig Zentner pro Tagwerk dreschen, es zahlt sich nicht aus. Er macht eine Wallfahrt auf den Venushof in Parzham, betet in der Geburtsstube

des heiligen Bruder Konrad, ist ungemein andächtig. »Wie Gott will, wenn es nicht geht, geh ich ins Kloster«, sagt er sich.

Bei der Heimfahrt liest er ein Plakat: »Landmaschinenweihe bei der Ährenmutter auf dem Bogenberg!« Drei Tage vor dem Erntebeginn entschließt er sich, mit dem riesengroßen neuen Mähdrescher achtzehn Kilometer weit zu dieser Landmaschinensegnung zu fahren. Der Vater will es ihm ausreden. »Geh, Otto, am End passiert ein Unglück, und helfen tut's doch nichts. Such dir lieber einen Käufer. Bei den Getreidepreisen darf man nur die Flinte ins Korn werfen.«

»Wo unser Familie schon dreihundert Jahr auf dem Hof ist? Und jede Generation – außer der deinen – den Hof eher größer als kleiner gemacht hat? Auch ernten wir – im Vergleich zu 1913 – das Vier- bis Fünffache.«

»Dös hilft nix, Otto. In der Landwirtschaft reden heut alle Europäer und auch noch die Amerikaner mit. Da kannst noch so viel betn, du kriegst net mehr für den Zentn wia zwölf Mark und a Fuchzgerl«, rechnete ihm der Vater vor.

Aber Otto war ein zäher Bauer, ein wahrer Hüter des rechten Blutstammes. Und er war, wie alle seine Vorfahrer, ein durch und durch frommer Mann. Den kommenden Sonntag fuhr er mit dem riesenschweren Mähdrescher zum Bogenberg zur Segnung der Landmaschinen. Er erregte überall ein Aufsehen. Besonders bei dem merkwürdigen »Umritt« der Traktoren. Es kamen nur etliche Traktoren zusammen. Kaum zwei Dutzend. Und er mit seinem ratternden, selbstfahrenden, respektablen Mähdrescher. Hochwürden, der Herr Propst von Windberg, wunderte sich am meisten. Er besprengte und beweihräucherte die große Maschine denn auch besonders kräftig. Ein Pater kannte den Berlesdorfer Otto. »Das ist ein frommer Mann. Der will eigentlich Karmelit werden. Aber er muß den verschuldeten Hof übernehmen.«

Otte stellte den Motor ab, ging in die berühmte Wallfahrtskirche und betete vor der ährenreichen Mutter Gottes mit großer Andacht.

Daß es so eine Frömmigkeit heut noch gibt? Weiß er denn nicht, daß der bayerische Bauernstand auch von den Himmlischen verlassen zu sein scheint? Wenn der Zentner Getreide weniger kostet wie vor fast hundert Jahren?

Es wird geredet und geflüstert über den Berlesdorfer. Einer dreiundzwanzigjährigen Bauerntochter aus dem Vorwald gefällt das fromme Treiben des jungen Berlesdorfer. Bei der Brotzeit im Gasthof sitzt sie an seinem Tisch, und ihre Sympathien für Otto wachsen. Sie unterstützt ihn gegen die frotzelnden Reden der anderen. »Ja, ja, der junge Berlesdorfer hat recht. Wenn kein Landwirtschaftsminister und kein Bauernverbandspräsident mehr helfen kann, dann hilft uns Bauern nur noch das Gebet.«

Da gefiel dem frommen Burschen das Mädchen so gut, daß er sie um ihre Adresse und Telefonnummer bat. Buchner Anni heiße sie, aber aus einem winzig kleinen Anwesen komme sie.

Er ist gut heimgekommen und hat die gesegnete Erntemaschine stundenlang abgeschmiert und für die Ernte hergerichtet. »Jetz' bin i aber gspannt, Otto, wie's dir mit dem Weihwassermähdrescher geht? Die Ingrid und die Marilli haben sich frei genommen. I hilf aa mit.

Mit drei Traktoren und Anhängern fahrn wir den gedroschenen Weizen vom Feld gleich in die Getreidesilos der Raiffeisenbank. Ein Tropfen auf deinen heißen Stein ist dann das doch. 11 200 Zentner zu je zwölf Mark fünfzig – dös macht beiläufig 140 000 Mark. Wann dir davon auch wenig bleibt, an den nächst besten brauchst net verkaufen.«

Der Weizen stand dicht und schön. Mit dieser Maschine war das Ernten eine Lust, keine nimmermüde Geste. Je langsamer er fuhr, desto gründlicher droschen die Lager und Walzen die Körner aus, schütteten sie auf die nebenherfahrenden Anhänger, machten diese übervoll. Es ist doch ein Segen auf diesem geleasten Mähdrescher. Er muß noch langsamer fahren. Die Ähren werden immer dicker. Scheinen gar zu schwer? Heilige Mutter Gottes vom Bogenberg, dir kann ich nicht genug danken! Und du, heiliger Bruder Konrad von Parzham, vergelts Gott! Deine Fürsprach wird zusehends wirksamer.

Am Abend des ersten Erntetages waren es 18 000 Zentner. Die Waaguhr der Raiffeisenbank hat es ausgedruckt. Mit 11 000 hat der ungläubige Vater gerechnet. Die Hälfte steht noch. Morgen wird noch einmal ein heißer Tag. Der Vater sieht seinen Sohn ungläubig an. Und dann doch auch neugierig und bewundernd.

»Ja, ja, einen solchen Segen kriegt nicht ein jeder. Muß er doch ein Karmelit werden. Bäuerin hat er ja auch noch keine.«

Otto ging nicht zu Bett, er telefonierte und fuhr mit dem Auto noch geschwind zum heiligen Bogenberg. Er machte seine Danksagung, und da er sich von der Madonna im Ährenkleid abwendete, sah er der Buchner

Anni direkt in die Augen, und eine Glücklichkeit überkam ihn noch mal. »Brav, daß d'kommen bist. Wir brauchen morgen eine vierte Traktoristin, Annerl. Wennst Zeit hättest, wär mir geholfen.«

Sie willigte ein. Er nahm sie gleich mit. »Da siehst du den Hof, auf dem du heuer noch Bäuerin werden kannst«, sagte er, ohne sie anzusehen. Sie lächelte nur, sagte nicht ja und nicht nein.

»18 000 Zentner haben wir gestern ins Getreidesilo bei der Raiffeisenbank gefahren. Und mehr als die Hälfte steht noch draußen. Mit drei Anhängern kommen sie nicht mit, so viel dresche ich mit dem neuen Mähdrescher.«

»Mit dem geweihten«, warf sie ein. »Ja, mit dem geweihten. Er ist gesegnet. ›Alles, was mit den Früchten der Erde zu tun hat, muß gesegnet sein‹, hat meine Großmutter noch gesagt. Ohne Glauben, nur mit dem Kopf, ist alles zu wenig.«

»Das hat der Pater Norbert auch gesagt: Was ohne Mitleid gegeben und gesteuert wird, gibt niemanden eine Zufriedenheit.« – Sie verstanden sich immer besser, je näher sie dem Berlesdorfer Feld kamen.

»Die ganze Technologie hilft den Eurobauern nichts, wenn es am Glauben, an der Hoffnung und an der Liebe fehlt. Ich will umdenken und wieder ein altmodischer, glaubensstarker und frommer Bauer werden. Mit den neuesten Maschinen, versteht sich, auch wenn ich sie nur mehr leasen kann. Trotzdem fromm, fortschrittlich und altmodisch. Und wenn du mithausen willst, Annerl, können wir in drei Wochen verheiratet sein.«

Er hielt den Wagen an. Sie sagte ja und gab ihm einen Kuß. Sie steuerte den anderen Tag nicht nur den vierten

Traktor, sie blieb als Verlobte auf dem Hof. Die Schwestern schauten sich verwundert an. Und der Vater sagte zur Mutter: »Du schaug, unser Betbruader traut sich! Bin neugierig, ob ihm der ökonomische Segen anhält.«

Er hielt an. Über 20 000 Zentner schrieb den anderen Tag die Silowaage aus. »So daß der Lausbub 38 300 Zentner geerntet hat mit seinem geweihwasserten Mähdrescher«, wunderte sich der ungläubige Vater.

»Mein Sohn wird mir langsam unheimlich. Gut 11 000 Zentner hab ich erwartet. Schier das Dreieinhalbfache bringt er zusammen! – Glauben tut das heut in ganz Europa kein Mensch mehr. Und ich täts selber nicht glauben, wenn ich es nicht mit eigenen Augen gesehen hätt. Und um ein Zwanzigerl zahlens ihm noch mehr auch! 488 000 Mark werden ihm gutgeschrieben. Er kann alls haben. Übermorgen gehen wir zum Notari. Wenn da net der Deifi dahintersteckt, ist es erst recht zum Fürchten. Weil an Herrgott und seine Heilign haben mir schon dreißig Jahr nimmer angruafn. Muatter, der Otto ist mit seiner Bäuerin zum Fürchten! Gehn ma in unser Austragshäusl. I wuil nix mehr wissen. Der kann heuer die gesamten Schulden zahln, und es bleibn eahm noch 120 000 Mark über. Da derf er den Schwestern jeder 150 000 gebn. Mir zwoa san mit 100 000 z'friedn.«

Beim Notar zeigte sich der Otto als zäher Vertragspartner. Er wollte jeder Schwester nur 110 000 ausbezahlen, ließ sich dann auf 125 000 ein.

Er blieb ein gutmütiger Mensch.

Zwanzig Muttersauen legte er sich zu. Einen Acker mit sechzig Tagwerk hat er gepachtet. Es ging aufwärts beim jungen Berlesdorfer. Er ließ die alten Feldkreuze richten. Er renovierte die Hauskapelle, die sein Urgroßvater hat bauen lassen. Sie war dem heiligen Leonhard geweiht. Er ließ auch noch ein Bildnis des heiligen Bruder Konrad von Parzham hineinhängen. Das Tischgebet beteten sie wieder gemeinsam und laut. Und seine junge Bäuerin gebar ihm zur kommenden Ernte einen Sohn. Die Leut schüttelten den Kopf.

»Jetzt vertut er so viel Zeit mit dem Wallfahrten und Beten, und doch geratet ihm alles bestens, was er unternimmt. Entweder hat er's mitm Deifi, oder die Heilign sind doch vielleicht für etwas gut?«

Unheimlich war ihnen der Mann. Aber nacheifern tat ihm niemand. »Na, na, das sind alles Zufälle. Etwas Überirdisches kann ich nicht erkennen«, bestätigte der Austragsvater, der sich jetzt mit der alten Hofgeschichte der Berlesdorfer beschäftigte. Die letzten zweihundert Jahre hätte er auf dem Hof nie nicht von einem Wunder gehört. Halt auf: Der Großvater hat von seinem Vater etwas Merkwürdiges aufgeschrieben. Eine reine Gespenstergeschichte.

»In unserem Getreidekasten weierzt es«, hat er geschrieben. »Nach dem Jahrtag von meines Vaters Tod hatten wir alles bereits gedroschen gehabt, und ich hab gerade das erste Gemalter hergerichtet für die Mühl. Zwei Säck voll, ein jeder eineinhalb Zentner. Ich verriegle die Getreidekastentür, leg alle drei Sperren ein und denk mir nichts, geh ins Bett, schlaf gut. – Am anderen Tag nach der Suppe, ich hab schon die Pferde eingespannt gehabt, will ich das Gmalter auflegen. Ich sperr den Getreidekasten auf. Die Tür knarzt fürchterlich und es ist, als wenn hundert Katzen auf einmal pfauchen würden!

Ja, was ist denn da herin los? – Ich dreh das Licht an und seh keine Katze und keine Maus, hör auch nichts mehr. – Da will ich meine Säcke aufheben, aber es ist kein Sack mehr da. – Ja, das ist gut! – Wo sind denn die Säcke hingekommen? – Wo ist denn unser Gmalter?

Die Tür war dreifach versperrt. Kein Mensch hätte sie aufmachen können, nicht einmal meine Bäuerin, und der Bub ist damals noch in der Wiege gelegen. – Na, so was? Ich hab doch gestern eigenhändig mit dem Benno, dem Mitterknecht, das Getreide zum Mühlfahren hergerichtet? – Auch der Benno muß sich wundern und hilft mir nachmittags noch einmal reitern und einfassen und zubinden.

Wir lassen die Säcke wieder im Getreidekasten stehen, sperren den Kasten fest zu und achten die ganze Nacht auf den Dieb. – Ich trau mich kaum einschlafen. – Dreimal werde ich munter, schau hinaus auf dem Hof, geh zum Getreidekasten. Aber der ist fest verriegelt, es fehlt also nichts. – Morgen wird zur Mühle gefahren!

Und am anderen Tag. Wieder, wie ich die Kastentür aufsperr, knarzt und pfaucht es wild und furchterregend.

Und die Getreidesäcke sind wieder verschwunden.

Ja, du lieber Gott, was soll denn jetzt das bedeuten? – Ich krieg es mit der Angst zu tun, obwohl ich zwei Jahre lang Verdun erlebt hab. – Geschwind richten wir noch mal zwei Säcke her, legen sie auf und fahren sie gleich zur Mühle.

Am Freitag darauf schon bringe ich das neue Mehl heim, leer die Säcke aus, schütte es in die Mehltruhe hinein. Und alles geschieht wie sich's gehört und nichts mehr passiert.

Gott sei Dank, der Zauber ist wieder vorbei. – Es hat mir vielleicht doch ein heimlicher Dieb meine vier Getreidesäcke gestohlen. Vielleicht gar der Knecht selber, der die Sperre von der Kastentür ausspekuliert hat? – Ja freilich, der Mensch sucht für alles eine natürliche Erklärung. Und das Pfauchen, das arge, das vergißt sich schnell.

Aber am Sonntag darauf ist es ganz anders gekommen. – Wir gehen zum Pfarrgottesdienst, und wie es der Brauch ist, zuvor und hernach ans Grab, zum Vater und zur Mutter, um Weihwasser hinzuspritzen und ein Vaterunser zu beten.

Um Gottes willen! – Was seh ich denn auf unserem Grab? – Da lehnen am Grabstein vier Säcke mit unserem Gmalter! Maria und Josef, das sind die vier Säcke! – Steht sogar unser Name darauf. – Auch meiner Bäuerin drückt es aufs Herz, und sie wird bleich.

»Dem Vater sein Austragsweizen!« denk ich mir.

Wie er noch gelebt hat, hatte ich es vergessen, daß er, laut Protokoll, jedes Jahr vier Säcke Weizen sich ausbedungen gehabt hatte. Mein lieber Herrgott, hab ich einen Schreck gekriegt! – Ich hatte es vergessen, und er hat die vier Säcke nie verlangt. – Ich hätte sie ihm so geben müssen, dem Vater, ohne daß er sie eigens hätte verlangen müssen! An alles kann ein junger Bauer auch nicht denken. Himmel, es ist wahr, an alles kann kein Mensch denken!

Die Kirchenglocken läuten zusammen. Meine Bäuerin und ich stehen am Grab und beten und beten, einen Vaterunser nach dem anderen.

Und wir bitten dem Vater seine arme Seel um Verzeihung. – Vier Messen, versprech ich ihm sofort, will ich

lesen lassen, für jeden Sack eine. Und da! – Ich trau mich kaum hinschauen! Es verschwinden die vier Gemalter-Säck, die am Grabstein gelehnt sind! Sie lösen sich auf im Nebel, sie sind nicht mehr da. – Herr, vergelt's Gott und gib ihm die ewige Ruhe, meinem Vater, er hat mir verziehen! – Und niemand von der Nachbarschaft im Friedhof hat von den unheimlichen Säcken am Grab etwas gesehen. Gott sei Dank nicht, denn ausgerichtet wird man schnell.

»Phantasie und schlechtes Gewissen meines Urgroßvaters haben ihm die Halluzination mit den vier Säcken vorgegaukelt. Autosuggestion nennt man das.«

Das ist dem Vater seine Philosophie. »Gott sei Dank, wir haben die Bauernrente und brauchen keinen Austragsweizen nicht mehr.«

Aber das sei keine vergleichbare Ungeheuerlichkeit zu dem maschinengesegneten Mähdrescher seines Sohnes. Obendrein eines geleasten! »Lachen müßt ich, wenn wir doch den rechten Glauben hätten!«

Ein Foto

Herr Oskar Millek, ein gelernter Werkzeugmacher und ein honoriger Mensch, ich darf schon sagen in gehobenem Angestelltenverhältnis, Familienvater mit einer Frau und einem schon fast erwachsenen Sohn, hat eine große Sonntagspassion: Er ist Fotograf. Er fotografiert am liebsten Bäume. Nicht gerade jeden Baum, aber besonders auffällige, schön gewachsene, oder auch schiefe und arg verwachsene, uralte. Und ganz junge Bäume, allein und in Gruppen. Er besitzt bereits sechzehn Alben voller prächtig fotografierter Bäume. Diese arboretische Leidenschaft und die Fotografenpassion harmonieren wunderbar zusammen, zählen doch auch die Bäume zu den Schönheiten der Natur und sind so fotografierenswert wie hübsche oder interessante Frauen. Ja, die alten Griechen vermuteten hinter jedem Baum ein Nymphe.

Der Werkzeugmacher Millek war zwar kein Altphilologe, aber an den Samstagen und Sonntagen ist er mit seiner charmanten Frau Gemahlin immer unterwegs, um denkwürdige Bäume zu finden für den siebzehnten Band. Man durchstreift große und kleine Wälder, wandert an Wildbächen entlang und besteigt sogar das Gebirge.

Der Sohn Michael will mit seinen siebzehn Jahren natürlich schon nicht mehr mitfahren, zumal er die väterliche Passion nur halb ererbt hat und sich aus Bäumen nichts macht. Er will Berufsfotograf werden.

Das glückliche Ehepaar also fährt mit einer gewissen Leidenschaft jedes Wochenende zum Bäumefotografieren. In der Nähe des Dorfes Huldgassen – fast hundertdreißig Kilometer von München entfernt – wollte man am Sonntag, dem 17. September eine ganz gewaltige deutsche Eiche knipsen. Den Baum hat ihm ein Kollege verraten, der in seiner Jugendzeit ein Bauernbub in Huldgassen gewesen war und auf der alten Eiche das Baumkraxeln gelernt hat. Das sei einmal ein großartiger Baum, und alle seine bisherigen Eichen, die der Kollege anläßlich einer Einladung in der Wohnung Milleks in den sechzehn Bänden gesehen habe, seien gegen die Huldgassener Eiche einfache Haselnußstecken. Zumal unter dieser Eiche auch schon einmal einer erstochen worden sei. Aber schon vor hundert Jahren, und nichts Genaues wisse man da nicht mehr. Wahrscheinlich war es ein Kammerfensterlstreit gewesen damals, da sei ja früher öfters so ein Unglück passiert.

Jedensfalls also fuhren Herr und Frau Millek nach Huldgassen, besahen den wirklich mächtigen Baum, stellten fest, daß die Sonne noch weiter nach Westen wandern müsse, ehe man den Baum im besten Licht habe, und kehrten derweilen beim alten Wirt ein, tranken eine Maß und aßen eine gute Bratensülze dazu.

Oskar knipste dann die Eiche und meinte, daß sie sich in seinem Eichenalbum auch nicht als so ganz und gar überdimensional würde ausnehmen und er stellte seine Frau Gemahlin, die Erika, die gewiß eine stattliche Frauensperson war, in den besten Jahren, die stellte er an den mächtigen Stamm der Eiche. Und dann foto-

grafierte er beide, den Baum und seine Frau. – Anschließend fuhr man gemütlich nach München zurück. Oskar scherzte dazu noch und sagte: »Hoffentlich sieht man es dem Bild nicht an, daß an dem Baum schon einmal einer umgebracht worden ist! –«

»Ah geh, vor hundert Jahr! Was soll man da schon noch sehen?« – Manchmal hat man seltsame Gedanken!

Als der Amateurarboret und Werkzeugmacher den in Huldgassen verknipsten Film zum Entwickeln brachte, ging zufällig der Kollege mit in den Laden und bat den Arbeitskameraden um einen Abzug von diesem Film, der den gewaltigen Eichenbaum seiner Jugend vorstellen würde.

»Gell, Oskar, ein Bild krieg ich, weil ich dir den Baum zugebracht hab!«

Es verging eine friedliche Arbeitswoche, und es wurde Freitag. An den Freitagen sind ja alle Leut gut aufgelegt. Oskar aber freut sich am allermeisten, denn da gibt es beim Drogisten die Bilder vom letzten Sonntag. Mit der freudigen Begierde eines echten Passionisten betritt er den Laden, legt seinen Abholzettel vor und erhält aus den Händen der jungen Verkäuferin seinen entwickelten Film zurück mit den zwölf Bildern. Noch gönnt er sich keinen Blick. Er kann eisern sein mit seinen Nerven. Er zündet sich eine Pfeife an und fährt heim, ohne die neuen Bilder eines auch noch so raschen Blickes zu würdigen.

»Gewiß, das fällt mir nicht leicht. Am liebsten tät ich's ja im Laden schon anschauen, aber, das hat mir der Großvater gelernt: Bub, laß dir mit der Freud Zeit, hat er oft gesagt zu mir, die Vorfreude ist eine noch größere Freude als wie die Schadenfreude!«

Endlich sieht er die Eichenbaumbilder von Huldgassen! Sechsmal steht die Eiche allein da und sechsmal hat er sie fotografiert mit seiner Frau Erika darunter. Und welch ein Entsetzen erfaßt ihn! –

»Ja, um Gottes willen, was haben wir denn da zusammenfotografiert?« –

Die Frau greift hin, nimmt ein Foto in die Hand und wird käsweiß!

»Um Himmels willen, Oskar! – Wer ist denn das?« –

Auf dem Foto sieht man die gewaltige Eiche von Huldgassen, darunter sie, die Frau Millek. Aber neben der Frau Millek einen Mann, der ein riesenlanges Küchenmesser der Frau Erika gerade in den Bauch stößt. Der Anblick ist unheimlich gräßlich. Aus der Wunde spritzt das Blut heraus! Naiv-unheimlich, wie das Unglück auf einem Votivbild. Der Ausbund einer kranken Phantasie. Aber deutlich erkennbar fotografiert, reale Wirklichkeit. Wie die Realität eines belichteten Filmes eben wirklich ist und wirklich sein muß.

»Ja, um Gottes willen! Ja, wer ist denn das? – Mein lieber Oskar, das ist ja zum Fürchten. Der rennt mir ja auf dem Foto das lange Messer durch und durch! Die Messerspitze steckt gar noch hinten in der Eichenrinde!«

Frau Erika entsetzt sich und ist einer Ohnmacht nahe, denn nicht nur einmal hatte man diese grauenhafte Szene, sondern gleich sechsmal!

Der unheimliche Mörder aber war nicht zu erkennen, denn er zeigte den Rücken. Aber er war auffallend gekleidet, trug eine dunkle, lange und sehr elegante Hose, ein helles kariertes Sakko und den Kopf bedeckte ein Strohhut.

»Wahrscheinlich hat das Kopierwerk einen Fehler hineingebracht«, meint Oskar.

»Ganz gewiß, die haben wahrscheinlich von einem Kriminalfilm, wo der Frauenmörder auftritt, von so einem Krimi, weißt schon, da haben sic in dem gleichen Filmbad, wo sie meinen Film eingeweicht haben, nicht wahr, in dem gleichen Bad haben sie vorher diesen Kriminalfilm entwickelt!«

Er macht sich auf den Weg zur Drogerie und dann, als man ihn dort nicht versteht und für Details auch keine Zeit hat, eilt er zur Kopieranstalt. Auch dort schüttelt man nur den Kopf.

So etwas sei technisch und fotochemisch und in jeder Weise einfach unmöglich, auch habe man keinen Kriminalfilm entwickelt, sondern nur lauter harmlose Familienbilder.

Auf den sechs ersten Bildern, wo der Baum ohne Frau gezeigt werde, sei ja auch kein Mörder zu sehen. Nein, da stimme etwas anderes nicht, meint der Cheflaborant und sieht Herrn Millek verdächtig an. Dann ruft er die Polizei an. Die Funkstreife kommt und nimmt Herrn Millek mit in die Ettstraße. Man läßt die Bilder auswerten und findet aber in der gesamten Kartei keinen Mann, der mit dem Mörder eine brauchbare Identität liefern kann. Die Mordkommission fährt in die Wohnung Millеks und sucht nach Frau Erika. – Jetzt wird die Geschichte noch unheimlicher. Die ist gerade beim Einkaufen.

Nach längerem Verhör und nachdem auch Frau Erika vernommen werden kann, darf das Ehepaar wieder die heimische Wohnung aufsuchen. Drei der Bilder aber werden von der Polizei zurückbehalten. Es vergeht eine schreckliche Nacht. Oskar hat die Fotos nicht eingeklebt. Die arboretische Freude ist ihm vergangen.

Da die Mordkommission den ganzen Samstag und Sonntag nichts hören läßt, sieht sich Millek am Montagfrüh die Bilder noch mal an. Welch eine Überraschung! Der Mörder ist wegretouchiert! – Auf allen dreien! – Und auf geheimnisvolle Weise!

»Da schau, Erika! Dein Mörder hat sich in Luft aufgelöst! Nichts mehr ist von ihm zu sehen. Du allein stehst an der Eiche. Den anderen hat's glatt zerrissen! – Jetzt kenn ich mich nimmer aus. – Haben wir vielleicht eine Halluzination gehabt? – Oder haben wir geträumt?«

Das Ehepaar eilt ins Polizeipräsidium. Sie wollen den Akt von vorgestern sehen, dem die drei einbehaltenen Bilder beigegeben worden waren.

Nach längerem Suchen und Fragen und Warten finden sich endlich die Fotos. Auch auf ihnen ist nur Frau Millek, an einen alten Eichbaum gelehnt, zu sehen. Kein Mörder weit und breit!

»Ja, das ist ja .. das ist ja unheimlich! Wir sind doch nicht verrückt, Herr Kommissar! Ich bin 46 Jahre alt, und meine Frau noch keine 38! Wir stehen alle zwei im Berufsleben. Wir spinnen ganz gewiß nicht. – Meine Frau ist sogar Sekretärin bei einem Professor der Medizin.

Sie haben es ja selber gesehen! Der Mann mit dem Strohhut hat meiner Frau ein mindestens vierzig Zentimeter langes Messer in den Bauch gestoßen!«

Der Herr Polizeiamtmann konnte sich nun plötzlich nicht mehr so genau erinnern, und er schickte die beiden Eheleute wieder heim. Sie sollten die Geschichte einem Psychologen oder einem Pfarrer erzählen. Für die

Polizei jedenfalls läge im Augenblick kein Grund vor, in der Sache irgendwie tätig zu werden.

Die Milleks gingen unzufrieden heim. Sie waren jetzt erst recht aufgeregt. Immer wieder sahen sie die Bilder an, und immer wieder mußten sie feststellen, daß kein Mörder auf ihnen zu sehen war.

Da wurde es wieder Freitag. Oskar sagte kein Wort. Aber am Samstag früh fuhren sie beide wieder nach Huldgassen hinaus zur gewaltigen unheimlichen Eiche. Erika zitterte, als sie auf den Baum zugingen. Es wurde ihr übel, und ihr Gesicht zeigte eine deutliche Blässe. Er führte sie, beruhigend und sorgend, an den Baumstamm, der einen Durchmesser von zwei Metern haben mochte. Dann ging er aber mit Konsequenz etwa zwanzig Schritte zurück, zückte seinen kostbaren Apparat und wollte das Bild wiederholen. Da versagten der Frau Erika plötzlich die Knie.

Sie sinkt zusammen und stöhnt wie eine Verwundete.

»Um Gottes willen, Erika!«

Er eilt ihr zu Hilfe. Sie weint, läßt sich kaum trösten, kaum beruhigen. Doch ihr fehlt nichts. Nach einer Pause von fast einer Stunde kann er sie wieder an den Baum lehnen und sie dann auch endlich fotografieren. Er verschießt zwanzig Bilder auf das gleiche Objekt. Dann fahren sie schweigend nach München zurück.

Er trägt den Film in ein anderes Labor und wartet mit erregter Nervosität die ganze Woche auf die Bilder. Die Angst kennt keine Vorfreude. Er reißt der Verkäuferin die Bilder geradezu aus der Hand. Und wieder! Die gleiche Unheimlichkeit!

Zwanzigmal wurde sie nun ermordet, seine Frau Erika! – Und wieder von dem gleichen Mann mit Strohhut, in der dunklen Hose, im hellkarierten Sakko! Nur stieß er ihr diesmal sein Messer in die Brust. Es war grauenhaft und noch schrecklicher anzusehen. Ein Bild des Entsetzens!

Der Cheflaborant des Filmlabors zuckt die Achseln und lächelt. Technisch gibt es dafür keine Erklärung, meint er. Auf der Polizei verhält man sich nicht viel anders als vorige Woche.

»Es ist zum Verrücktwerden, es muß doch eine Erklärung geben?«

Das Ehepaar Millek kann die ganze Nacht nicht schlafen. Oskar hat die unheimlichen Fotos in den kleinen Familientresor gesperrt. Und dennoch! – Am anderen Morgen schon sind die Bilder wieder verändert! Kein Mörder ist mehr zu sehen. Frau Millek steht an der alten Eiche von Huldgassen, wie sie auf vielen Bildern Oskars an Bäumen lehnt.

Eine unheimliche Geschichte! – Tagelang noch haben sie Angst und sind verstört.

Es wird Oktober, und Erikas Mutter, eine Nürnbergerin, muß ins Krankenhaus. Frau Millek will sie besuchen. Sie hat seit Jahren einen Führerschein und sie ist schon oft im Wagen ihres Mannes nach Nürnberg gefahren. Von der Huldgassener Eiche erzählt sie ihrer Mutter kein Sterbenswort, obschon sie immer noch viel an die schrecklichen und unheimlichen Fotos denken muß.

Bei der Heimfahrt zeigt die Thermometernadel plötzlich ins Rote. Der Kühler kocht. – Frau Millek fährt wie auf glühenden Kohlen noch bis zur Raststätte Holledau und läßt dann endlich nachsehen. Der Kühler ist leck und im Öl findet sich reichlich Wasser.

»Da brauchts einen neuen Motor, gnädige Frau«, meint der Tankwart.

»Lassen Sie den Wagen abholen und fahren Sie per Anhalter heim!«

Erika kann niemanden anhalten. Sie ist noch nie in einem fremden Wagen gesessen. Sie sucht das Restaurant auf, und der freundliche Tankwart erklärt sich bereit, für sie einen Fahrer zu finden. Man würde sie dann in der Gaststätte holen.

Sie trinkt ein Glas Tee, telefoniert mit ihrem Mann und da kommt auch schon der Tankwart.

»Gnädige Frau, ich hab jemand, der Sie gern nach München mitnimmt!«

Frau Erika zahlt und folgt dem Tankwart. Der führt sie an einen flotten Sportwagen heran.

Dankbar und doch zögernd steigt sie ein, verstaut ihre große Tasche, kann kaum eine liebenswürdige Entschuldigung anfangen und schon heult die PS-starke Maschine auf, biegt in die Fahrbahn, rast münchenwärts.

Nach etlichen Sekunden kommt sie erst dazu, den Fahrer anzusehen. Er ist ein junger Mann, kaum fünfunddreißig, braungebrannt im Gesicht, eine ›dynamische Managernatur‹, schätzt sie. Und möglicherweise auch ein Frauenheld. – Seine Leidenschaft ist gewiß nicht das Bäumefotografieren. – Schon ist sie versucht, sich abenteuerlichen Gedanken hinzugeben, da fällt ihr die dunkle Hose ihres Chauffeurs auf. Und erst sein Sakko! – Um Gottes willen, er trägt tatsächlich ein helles, kariertes Sakko.

Im Nu wird sie von einer alarmierenden Nervosität erfaßt. Der Mann ist möglicherweise ihr Mörder. Auch wenn er noch so freundlich spricht und mit ihr gleich einen kräftigen Flirt angefangen hat.

»Gnädige Frau, Sie fahren eben einen Wagen, der nicht zu Ihnen paßt!«

Sie sieht sich um, und ihre Angst steigert sich ins Unermeßliche. Auf den rückwärtigen Notsitzen des Sportwagens liegt ein Strohhut. – »Herrgott, steh mir bei, er ist es!«

»Möchten Sie einen Apfel essen? Oder eine Birne? Ich kann Ihnen beides bieten ...«

Er spricht langsam und beiläufig, denn der Tachometer klettert eben an die zweihundert Stundenkilometer heran.

»Nein, danke«, will sie sagen, bringt aber vor lauter Angst kaum ein Wort hervor.

»Greifen Sie ruhig nach hinten! Neben meinem Hut, in den Tüten, sind Birnen und Äpfel. – Auch ein Obstmesser läßt sich finden. Hier in der Ablage muß es sein ... Es ist zwar eigentlich ein großes Küchenmesser, aber zum Obstessen im Auto sehr praktisch.«

Er räumt einen Stadtplan von Frankfurt beiseite, und die Klinge eines langen Messers blitzt auf.

Da wird Frau Millek ohnmächtig. Sie sinkt zusammen. Und wenig später, da ihr die Sinne wiederkehren, würgt es sie fürchterlich.

Ihr Wagenführer steuert gleich einen Parkplatz bei Allershausen an. Frau Millek steigt aus. Sie zittert am ganzen Leib. Keine zehn Pferde brächten sie mehr dazu, in diesen Wagen noch einmal einzusteigen.

Der liebenswürdige Frankfurter aber setzt sie auf eine Bank und verständigt über sein Autotelefon die Sanität. Und erst als diese eintrifft, fährt er weiter.

Aber nicht mehr lange. Kurz nach Eching gerät er in eine entsetzliche Karambolage. Ein Lastwagen der Gegenfahrbahn überquert auf unerklärliche Weise den Mittelstreifen der Autobahn. Unter den sechs Schwerverletzten sterben drei Verkehrsteilnehmer noch am Unfallplatz. – Auch der Lenker eines Frankfurter Sportwagens, bekleidet mit einer schwarzen Hose und einem hellkarierten Sakko, gehört zu ihnen. – Gott sei Dank saß er allein in seinem schnellen Wagen!

Frau Millek kam gut nach Hause. Allmählich erholt sie sich wieder von der Unheimlichkeit ihrer schreckhaften Abenteuer.

Auch ihr Mann, der Arboretfotograf, ist mit den ›Offenbarungen der Baumnymphe von Huldgassen‹, wie er es nennt, deren dirigierendes Walten er hinter den seltsamen Ereignissen verspürt zu haben glaubt, sehr zufrieden und klebt die Fotografien nun doch in sein neues Album.

Gespenstischer Polizeiapparat

Daß die Feuerwehr zu früh an einem künftigen Brandplatz erscheint, soll vorgekommen sein. Damals, in fernen Zeiten, als es nach den Löscharbeiten Freibier gegeben hat, das sogenannte Löschbier. Daß aber die Polizei vorzeitig in eine Bankfiliale gerufen wird, die in zwanzig Minuten einen Überfall erwartet, übertrifft die raffinierteste Alarmierung der modernen Polizeigeschichte. Und trotzdem ist das voriges Jahr in unserer kleinen Stadt geschehen. Zwei Tage vor dem Heiligen Abend klingelte in der Polizeiwache das Telefon. Der diensthabende Beamte nahm den Anruf entgegen wie jede alarmierende Nachricht: »Kommen Sie schnell, die Volksbank in der Unteren Hauptstraße ist eben von zwei Räubern mit schwarzen Masken überfallen worden!« – Mehr war nicht zu erfahren. Aber es genügte für einen Großeinsatz der Polizeikräfte, die gerade Dienst hatten. Zwei Autos brausten in die Untere Hauptstraße. Ein drittes war im Kommen. Vier Minuten nach dem Anruf war man in der Bank. Welch ein Erstaunen!

»Wir überfallen? Keine Spur. Wir alle haben nichts davon bemerkt.« Fehlalarm. Beziehungsweise falscher Alarm. Es hat sich jemand einen Jux gemacht. Nach weiteren fünf Minuten fuhren die Polizeiwägen wieder heim. Und dann war nach fünfzehn Minuten tatsächlich in der Volksbank der Unteren Hauptstraße ein Raubüberfall. Die Polizei ließ sich diesmal Zeit. Die Räuber konnten 28 000 Mark erbeuten. Sie sind heute noch nicht gefaßt. Trotz XY nicht.

Ein Einzelfall? Viele Überfälle könnten aufgeklärt werden. Denn die Polizei verfügt heute über die modernsten Laboratorien und bedient sich der raffiniertesten Fahndungs- und Erkennungsmethoden. Das ist nur gerecht, denn die Spitzbuben unserer Zeit sind ja auch nicht von gestern. Und manch einen erreicht der Arm der Gerechtigkeit nie.

In der kurfürstlich-bayerischen Zeit, als man noch nach dem Codex criminalis des Wiguläus Kreitmayr über die Lumpen den Stab gebrochen hat, war man beiderseits noch etwas primitiver und handfester gewesen. Die damalige Gerichtsbarkeit kannte noch das Brandeisen, die Rutenhiebe und die Daumenschrauben.

Aber zur Eruierung eines Verbrechers besaß man praktisch nichts, weder einen Fernschreiber noch ein Telefon. Das war eine harte Zeit für den Hofmarksamtmann und seine Schergen. Sie waren die untersten Organe des damaligen Polizeiapparates. Sie mußten die Verbrecher erwischen und dann dem Landgericht übergeben, das die Spitzbuben an den Galgen brachte. In der Hofmark wurden nur kleinere Vergehen abgeurteilt: Raufereien, Beleidigungen und andere Streitigkeiten.

Das Lumpenfangen ist damals nicht einfach gewesen! Man hat ja sonst auch noch etwas zu tun gehabt als Hofmarksbeamter: Die Gilt- und Stift- und Schwarwerk eintreiben, Protokollieren, Heiratslizenzen vergeben und Eheverträge aufsetzen, das herrschaftliche Schloß verwalten und auch noch Richter spielen dazu.

Wenn einmal ein Verdächtiger in der Hofmark oder bei einem Bauern aufgetaucht ist, hat das eine gewisse Aufregung bedeutet für den Herrn Amtmann und seine Schergen. Den Gerechten von einem wirklichen Lumpen wegzukennen war damals schwicriger als heute.

Freilich, eine erkennungsdienstlich-brauchbare Hilfe hat es doch gegeben, den Steckbrief. – In so einem Steckbrief wenn einer einmal registriert war, hat er als ›malefizmäßig‹ gegolten, ob ihn die Schergen nun erwischt haben oder nicht. Einen gefährlicheren und verrufeneren Menschen hätte es damals gar nicht geben können als einen steckbrieflich gesuchten Verbrecher!

»Descriptionen derjenigen übel berueffenen Landstreicher, Rauber und Beitlschneider und ander Diebsleit, samt dero Concubinen, so in den kurbayerischen Landgerichten zu Obern und Niederbayern und der obern Pfalz umbgeben, angezeigt nach den hochpeinlichen Interrogativa über mehrer dieweil auch gehänkter Malefikanten und derselben Aussag.«

Solche Deskriptionslisten wurden alle zehn oder zwanzig Jahre einmal gedruckt und an sämtliche Land- und Hofmarkgerichte verschickt. Bis an die hundert Verbrecher sind darin aufgezeichnet und recht anschaulich beschrieben; gelegentlich auch recht derb beschrieben, so daß über so einen Steckbrief unsere modernen Lumpen todsicher Beschwerde einlegen würden.

Für eine erfolgreiche Fahndung waren diese Angaben, besonders in den Steckbriefen aus dem 17. Jahrhundert, nach heutiger Vorstellung beinahe unbrauchbar.

»Paragraph 62) Der Metzger Hans genannt, ein gefahrlicher Rauber und Diebsgesell, scheit vor nix, filius von Paragraph 61, het den Wirt von Zeil erschlagen, führt einen haselnußenen Stecken und einen schwarzen Hund. Geht wie ein Metzger. Het auch eine Concubin, die Beitlschneider Res genannt, die hat eine gelbe Jacken an mit weißzinnernen Knöpfen und ein grünzeigenen Rock.«

Wenn sie einen solchen erwischt haben und hätte er auch seine Identität geleugnet, wenn sich's der Herr Landrichter eingebildet hat, daß er der und der ist, und kein anständiger Mensch hat das Gegenteil bezeugt, dann war er geliefert. Und nach der zweiten Folter hat er alles eingestanden.

»Paragraph 76) Der Schneider Adam oder Trischaggn Sepperl genannt, ein ganz und gar übel berueffener Landstreicher und Vagant. Sauft und rauft über die Maßen ohne Zahlen. Spielt falsch Karten und gewinnt. Kann böhmisch reden. Het ein' lange Gocklfeder auf den Hut, um den Hals ein schwarzen Flor, Schuech mit gelbmetallenen Schnallen. Rotgesichtig und aufgeschwemmt. Het zu Frauenbrunn den Opferstock einbrochen. Geht allein und het kein Kumpan.«

Also den Falschen haben sie damals gewiß öfters erwischt und gehängt. Wenn man zudem bedenkt, daß zu jener Zeit, besonders nach den harten Kriegszeiten, jeder zehnte Mann ein Landstreicher und Bettelmann war. »Ein malefizmäßiger Vagant, ein lebendiges Schreckgespenst.« Wenigstens nach den Steckbriefbeschreibungen.

Im 18. Jahrhundert werden die Steckbriefe schon etwas genauer. Besonders die Kleidung wird ausführlich beschrieben. Auch auf Statur und Alter des Vaganten wird eingegangen, und alles in allem kann man sich so

einen Landstreicher aus der ›guten, alten Zeit‹ schon ziemlich genau vorstellen.

»Der Jakob, vulgo der gscherte Jakl oder Feldschmid genannt, ist ein Bauernknecht und um Griesbach zu Haus, ist ziemlich mitterer Statur, roten Angesichts und breitmaulet, hat lichtbraun geschnittene Haar, so etwas aufgeloffen sind, ist bei 25 Jahr alt, trägt auf dem Kopf einen runden Hut, wie es die Bauern um Landshut zu tragen pflegen. Tragt am Leib einen blauen Rock mit weiß-glatten Knöpfen, ist letzthin aber gegangen wie ein Bräuknecht, nämlich trägt er am Leib einen alt brauntüchenen Rock, ein rotes Leibl, schwarze, lederne Hosen mit Schanieren, blaue Strümpf und Schnallenschuh, dessen Mensch heißet man die Flecksuppn, ist als eine inländische Vagantin anfangs vergangenen Jahrs beim Gericht Kraiburg mit zwanzig Karbatsch-Streichen abgewandelt worden und hat einen Buben, fünfzehn Jahr alt, bei ihr.«

Das ist der beinahe schon erschöpfende Apparat eines barocken Erkennungsdienstes. In den Steckbriefen heißt es auch manchmal: »ist leicht zum Kennen, maßen der Vagant mit dem Buchstaben V generalmäßig auf dem Arm gebrandmarchet ist worden.«

So konnte man hoffen, manche Spitzbuben kurzfristig zu fassen. Ob aber jener Bräugirgl jemals eingefangen werden konnte, von dem es hieß:

»Der schwarze Breigirgl, so aus der Gegend von Straubing gebürtig sein soll, schwarzhaarig und braungesichtig, von breiter Statur, tragt einen langen, braunen Rock und het darunter ein langes Messer. Ein übel und gefahrlicher Vagant und sintemalen er kann sich unsichtbar machen.«

Also ihn haben sie nie gefangen. Wahrscheinlich hat der Deskribent den Grimmelshausen gelesen, den dritten Band, der nach dem Dreißigjährigen Krieg spielt und den Titel trägt: »Das unsichtbar machende Vogelnest.«

Aber das wären schon wieder andere Vagantengeschichten!

Vielleicht hatte es aber der Bräugirgl nur mit dem Teufel gehabt? Auch heutige Verbrecher stehen sich mit ihm gern gut und können sich unheimlich unsichtbar machen.

Trotzdem jedermann weiß, daß es den Teufel wahrscheinlich doch nicht gewiß gibt. Und schon gleich gar keine Teufelinnen, vulgo »Beutelschneiderinnen« genannt. Damals, in der »guten, alten Zeit«.

Die schwarze Frau

Daß sich der Tod zwar anmeldet, aber dann doch noch nicht gleich kommt, hört man oft. Den einen erschreckt er mit einem kleinen Kreislaufkollaps, den anderen mit einem leichten Herzinfarkt. Aber kein Mensch empfindet so eine Krankheit als eine unheimliche und geisterhafte Voraussage eines kommenden Unglücks.

Viel gespenstischer ist eine Begegnung mit der schwarzen Frau im Bayerischen Wald.

Da fuhr ich die letzten Maitage dieses Jahres nach Grafenau. Und an der Stelle, wo die Straße nach Perlesreut abzweigt, steht am hellichten Nachmittag ein altes Weiblein, gebückt, ganz in Schwarz gekleidet und möchte offensichtlich ein Stück des Weges mitgenommen werden. Ich hatte von der relativ häufigen Erscheinung dieses Gespenstes im Bayerischen Wald noch nichts gehört, hielt an und ließ das brave, alte Mütterl einsteigen. Umständlich nahm sie Platz.

Eine merkwürdige Kühle ging von ihr aus. Sie schien erst nur eine recht gebrechliche Person zu sein, wackelig das tief gebeugte Haupt und zitterig die Hände, mit denen sie sich vergeblich irgendwo festzuhalten suchte. Ihre Augen waren nicht zu sehen. Ihre Nase stach groß und knöchern aus einem arg blaßen und zerfurchten Gesicht. Sicher war sie in ihrer Jugendzeit einmal eine interessante Schönheit gewesen, dachte ich. Ich fragte sie, wie weit sie mitgenommen werden wolle und wunderte mich auch darüber, daß man eine so liebe, alte Oma allein auf der Straße dahinmaschieren läßt!

»I muaß no weit gehn«, ächzte sie mit einem furchterregenden Organ, »muaß allweil wieder an Unglück weisn.« –

Sie war jetzt zu einer unheimlichen Gestalt geworden. Das Gekrächze ihrer Stimme klang viel kräftiger als ihre Konstitution es ahnen ließ.

»Was für ein Unglück«, wollte ich sie fragen, konnte aber kein Wort über die Lippen bringen.

»San die Straßen im Wald so weit und breit wordn! I kann's nimmer dergehn, muaß öfters klopfa!«

Dabei beugte sie sich vor, streckte ihre knocherne Hand aus und klopfte kräftig an die Windschutzscheibe.

»I muaß vuil öfters klopfa, wenn i mag«, rief sie laut mit ihrer unglaublichen zerbrochenen, blechernen Stimme. Ich bin ziemlich erschrocken, denn das Klopfen gegen die Windschutzscheibe war unerhört laut, es war fast ein Hämmern. Und es wurde immer schneller und kräftiger.

Einen schönen Fahrgast hast du dir da eingeladen, dachte ich mir und wollte ihre Hand zurückreißen, denn sie wollte mit dem Klopfen gar nicht mehr aufhören. – Aber – nichts mehr von ihr war zu sehen. Sie hatte sich in ein Nichts aufgelöst. Bei einer Geschwindigkeit von gut achtzig Kilometern, in einen Traum?

Ich trat auf die Bremse und hielt am Straßenrand. Niemand! Weder eine alte noch eine junge Frau steht da. Und auch die schwarze ist nirgends zu sehen, weder auf der Straße noch in meinem Wagen.

Also habe ich das alles doch geträumt? Geträumt hinterm Steuerrad, nicht im Bett!

Nach einer Entspannungsübung und nach einem nochmaligem Umsehen in der stillen waitlerischen Landschaft mit den breiten Straßen, fahre ich wieder weiter. – Bald bin ich kurz vor Grafenau. Das großstädtische und geschäftige Ferienmilieu läßt meine aufgeregte Phantasie rasch wieder normal werden.

Da klopft – mitten in der Stadt – plötzlich jemand an meine Heckscheibe. Ich suche gerade nach einem Parkplatz und beachte die Klopferei nicht besonders. Vielleicht will mir ein aufmerksamer Urlauber einen Wink für eine Parklücke geben. Aber niemand ist zu bemerken. Da klopft es an der Windschutzscheibe. Und kein Mensch ist zu sehen!

Mein Gott, was will denn die schwarze Frau von mir? Ich finde keinen Parkplatz und beschließe weiterzufahren, denn das eigentliche Ziel meiner Reise ist Spiegelau. Ich wende und suche meinen Weg. Aber die Klopfzeichen lassen nicht nach, werden immer eindringlicher. Schon ist es eher ein unverschämt lautes Hämmern. Als säße da jemand auf meinem Kühler und bearbeitete mit einem Hammer meine Windschutzscheibe.

Ich stelle rasch das Radio an, stelle es auf volle Lautstärke, gebe Gas, laß den Motor aufheulen. Das Hämmern läßt sich nicht übertönen. Das Herz beginnt zu jagen und meine Hände sind feucht. Was hat sie gesagt?

»San die Straßen so weit im Wald, i kann's nimmer dergehn, i muaß öfters klopfa!«

Ich höre ihre furchterregende Stimme, krächzend und dennoch tief und metallen.

Mein Gott, was will sie von mir? Wer ist sie? – Bin ich ein Fall für den Psychiater? Hoffnungslos schizophren?

Ich halte an, stelle den Motor ab, schreie um Hilfe. Noch befinde ich mich im Weichbild der Stadt. Es hört mich niemand. Die Klopfzeichen dröhnen jetzt abwechselnd von der Heckscheibe her. Es ist zum Verrücktwerden!

Aber so schnell gibt der Mensch vor einem Gespenst schließlich nicht auf. Ich steige aus, gehe um meinen Wagen herum, öffne die Türen und knalle sie wieder zu. Für etliche Augenblicke verstummt das Klopfen, um aber dann mit noch größerer Vehemenz wieder anzufangen.

Ich geb auf. Ein Gasthaus ist in der Nähe. Ich spüre plötzlich einen großen Durst. Ich trete ein, ich will mir ein Glas Bier gönnen. Es ist ein gemütliches Wirtshaus, am Stammtisch singt einer, drei andere hören ihm zu. An der Wand, neben der Schenke, hängen zwei Spielautomaten, neben der Toilettentür glänzt eine Musikbox. Urlauber, müde von der Wanderung, stärken sich an großen Wurstplatten und Bratensülzen. Am Tisch hinter dem Kleiderrechen sitzen junge Leute, ein Bursch mit zwei Mädchen. Zu ihnen zieht es mich hin, ich brauche Zerstreuung. Ich darf Platz nehmen und bestelle ein Helles. Die jüngere der beiden Urlauberinnen gefällt mir auf den ersten Blick. Ich spiele für eine Mark und gewinne fünf. Das Glück schlägt sich auf meine Seite. Ich vergesse die alte, schwarze Frau, eine junge, blonde unterhält sich mit mir.

Nach der dritten Halbe fährt sie mit mir nach Spiegelau. Ausnahmswiese einmal leichtfüßig und nur weil ich plötzlich ein Glückspilz bin. Was wird meine Windschutzscheibe dazu sagen? »Hoffentlich gefällst du auch meinem Fräulein Automobil«, sag ich übermütig und öffne die Tür. Sie steigt ein.

Mein Wagen verhält sich tadellos. Er hupt nicht, streikt nicht, klopft nicht! –

Und schon nach fünf Kilometern stelle ich auf einem Parkplatz den Motor ab. Es dämmert bereits und die Vögelein suchen ihre Nester auf, schweigen im Walde.

Hier und da rast auf der nahen Hauptstraße ein Wagen vorbei. Herrgott, das Leben ist doch schön, ich glaub nicht an Gespenster.

Im gleichen Augenblick, es nähern sich eben aus beiden Richtungen starke, heulende Motoren, kracht es entsetzlich. Ein dumpfer, metallener, hohler Donner. Wir fahren auf. Da sind in unmittelbarer Nähe soeben zwei Verrückte frontal aufeinandergeprallt. Und nach dem Aufprall glaube ich auch noch einen gräßlichen Schrei gehört zu haben. Dann war es totenstill.

Beide eilen wir die zwanzig – dreißig Meter zur Unglücksstelle. Welch eine Überraschung! Die Straße ist leer und breit. So viel wir auch suchen, wir können kein demoliertes Fahrzeug finden. Nicht einmal die Spur von zersplittertem Glas.

»Ich habe es mit eigenen Ohren deutlich gehört«, sagte sie. Ich auch. Ich blickte in den dunklen Wald und ahnte die Zusammenhänge.

»Wenn wir zwei uns nicht gefunden hätten, wäre ich jetzt tot. Du kannst es mir glauben. Du hast mir mit deiner Geneigtheit das Leben gerettet.«

Sie schüttelt sich und sagt lakonisch:

»Ist mir zu hoch!«

»Natürlich«, antworte ich mit versuchter Leichtigkeit, »du kennst die schwarze Frau nicht!«

»Ne«, sagt sie, »ich bin blond.«

Die Percht

Weil beim Wirt in Dürling immer noch die Maschkerabälle Brauch sind im Fasching und neuerdings, in den Jahren einer königlich-bayerischen Renaissance, auch die altehrwürdigen und unheimlichen Perchtenlarven wieder zu Ehren gekommen sind – und das nicht nur im Preis der Antiquitätenhändler – kaufte sich die Radlmüllerstochter Ursula, die jüngste und schönste der Töchter des Sägewerksbesitzers Sebastian Radlmüller, Studentin der Medizin im sechsten Semester an der Universität in München, in einem Salzburger Antiquitätenladen in der Getreidegasse eine echte, uralte, holzgeschnitzte und noch gut erhaltene Perchtenmaske. Ein Teufelsgesicht von unheimlicher Ausstrahlung! Im Übermut der bezaubernden Faschingstage bezahlte sie dafür einen sehr hohen Betrag. Ausprobieren wollte sie das abstoßende Fratzengesicht auf dem Larvenball beim Dürlinger Wirt, den sie mit Eltern, Schwester und Schwager besuchen wollte. Aber eigentlich sollte die schreckliche Häßlichkeit ihr schönes Gesicht erst auf einem intimen Skihüttenfest im Pongau entstellen. Als Ursula am Abend ihrer Mutter die alte Perchtenlarve zeigte, schlug die Radlmüllerin die Hände über dem Kopf zusammen. Sie glaubte in der Fratze ein fürchterliches Traumgespenst der drittletzten Nacht jäh und deutlich wieder zu erkennen. In diesem Traum war sie vor einer verschlossenen und verschneiten Almhütte gesessen und auf einmal hätte ein Sturmwind die Hüttentür aufgerissen und eine alte Sennerin mit einem unsagbar abgeschmachten Hexengeschau hätte sie stumm und furchterregend angesehen. Erschreckt sei sie aufgewacht, habe auch länger mit wildem Herzklopfen wach im Bett gelegen und sei dann endlich nach einigen Vaterunsern doch wieder eingeschlafen.

Am Morgen habe sie aber gottlob den bösen Traum völlig vergessen gehabt. – Erst diese alte Larve jetzt hätte ihr den bösen Traum wieder ins Gedächtnis gebracht. Genauso hat die alte Sennerin, diese Butterhex auf der verwunschenen Teufelsalm ausgesehen!

Die Radlmüllerin bekreuzigte sich. Die übermütige Medizinstudentin lachte und wollte grade die hexennasige Perchtenmaske über ihr schönes Mädchengesicht stülpen. Da donnert es draußen und die Müllerin schrie auf. Ursula hielt mit der Maskerade unwillkürlich inne, stützte die bleichgewordene Mutter, nötigte sie in einen Stuhl und sagte: »Aber Mama, das ist ja auch nicht ganz und gar wider die Naturgesetze, daß es im Februar schon einmal ein bißchen donnert! – Oder war's gar nur ein Tiefflieger?«

»Um Gotteshimmelswillen, Uschi, wirf die Percht weg, schür's in den Ofen, die bringt dir ein Unglück, i spür's.«

Aber da hatte die Tochter die Larve schon aufgesetzt und kühn und kräftig gegen ihr Gesicht gedrückt. Sie war überrascht, wie gut sie paßte! Die haben eben noch schnitzen können! Und ihre Bauernhände kannten die Anatomie eines Menschengesichtes. Ursula beugte sich stumm zu ihrer sitzenden Mutter hinunter.

Kreidebleich saß die Müllerin im Lehnstuhl. Die Maske ihrer Tochter schien ihr plötzlich nicht mehr nur aus Holz, sondern aus Haut und Bein zu sein. Ursula wollte die Mutter nicht noch mehr erschrecken und griff sich erst mit einer, dann mit beiden Händen ins maskierte Gesicht. Vergeblich. So sehr sie auch zog und zerrte, die unheimliche Percht saß wie angegossen. Die Müllerin jammerte laut, schrie um Hilfe.

Eine Medizinstudentin aber fürchtet sich nicht. Im Gegenteil, sie fand die ausgezeichnete Paßform der alten Larve sehr wirkungsvoll und bedeutsam.

»Reg dich nicht auf, Mama, sie liegt am Kinn so gut an, daß man sie gar nicht mehr herunterkriegt, kaum mit Gewalt!«

Da eilte die Mutter aber schon einem spontanen Einfall nach zum Weihbrunnenkessel, der immer noch neben der Türe an der Wand hing, obwohl er schon gut und gern seit den Tagen des zweiten Vatikanums keinen Weihbrunn mehr gesehen hatte. Vielleicht hat sich doch noch die Erinnerung eines geweihten Restes in den darin befindlichen Staubpartikelchen gehalten? – Sie tupfte jedenfalls in ihrer momentanen Aufregung die Finger in das Kesselchen und spritzte gestenreich etliche Tropfen Weihwasser auf die festsitzende Maske ihrer Tochter. Die Wirkung war verblüffend, die Percht fiel der Ursula aus dem Gesicht.

»Was der Mensch fürchten muß, soll er nicht als Spielzeug brauchen«, sagte die Müllerin. Obwohl sie früher selber gern Maschkera gegangen ist, vor dieser Larve hatte sie Angst.

Und dann ging die Ursula doch als Hex auf den Lumpenball. Da gab es zwar auch schöne Perchten, aber die häßlichen hatten den größeren Erfolg. Und die Ursula war die gräußlichste.

Die Flachshaare hatte sie sich mit Schweineschmalz eingefettet. Einäugig und mit einem krummen Gangwerk wie ein rheumatisches Kamel sah sie aus wie die leibhaftige Großmutter des Teufels. Als Kittelzeug trug sie Salzsäcke, die auf und auf voll Kuhdreckspritzer waren. Da gehört schon ein Geschmack dazu, mit einem solchen Weiberleut tanzen zu wollen! Aber die Radlinger Burschen reißen sich auf einem Larvenball gerade um die Allerhäßlichsten. Und natürlich hat die satanische Wetterhexe Ursula einen außergewöhnlichen Kavalier gefunden, einen Luzifer mit zwei langen Hörnern auf den roten Haaren und einem breiten Mund voll glühender Zähne. Die Ohren hatte er von einem alten Stier. Dazu trug er einen Geißbart und hatte Riesenaugen, die einen voll der teuflischen Verführungskunst und mit brennender Habgier anglotzen konnten. Die sieben Todsünden allesamt haben aus diesen Augen geschaut! – Zur Tarnung hat er zwar ein recht herausgefressenes Metzgergesicht gehabt, daß man hätte meinen können, der Mann wäre gemütlich. Sogar Lachfalten haben sein häßliches Gesicht geziert. Aber das war schon eher das Lachen eines Staatsanwalt, der beim Zusehen des Guillotinierens eine Freude hat. – Dazu trug er Bauernstiefel und sein Gewand war aus Stroh, aus Haberstroh. So viel auswendige Schlechtigkeit sieht man selten. Das Paar war unheimlich.

Aber getanzt hat der Gieräugige – wie der Lump am Stecken. – Ihre Salzsackkitteln sind nur so geflogen! – Und hier und da hat sie einen Holzschuh verloren.

»Wenn es Zeit wird zur Altweibermühle, da kommt

vielleicht ein sauberes Dirndl zum Vorschein«, meint der Wirt.

»Wenn ihr in der Mühle drinnen die Hexenlarve heruntergerissen wird! – Wenn um Mitternacht der Akt der Demaskierung kommt!

Denn eine echte Hexe wird ja doch nicht darunter sich befinden? – Schon eher ein echter Teufel!«

Die besonneneren Maschkera saßen an ihren Tischen, tranken, rauchten und sahen auf der Tanzfläche den springenden Perchten zu als sähen sie unwirkliche Wesen aus einer jenseitigen Welt.

Die furchtlose Radlmüllertochter aber hat allmählich jetzt doch ein ängstliches Gefühl bekommen. – So wie ihr Teufel tanzte, kann doch kein ehrlicher Bursch tanzen! – Mit den Füßen ist sie gar nimmer auf den Boden gekommen. Direkt geschwebt ist sie. Oft gleich fünf und sechs Zentimeter über dem Boden! – Und seine Arme haben eine Kraft gehabt wie die von drei Schmiedgesellen! – Er hat auch nichts getrunken und hat dennoch einen feurigen Rausch gehabt.

Am End stecken in seinen Stiefeln echte Bocksfüße, denkt sie schon. Und sie vergißt auf dem heimatlichen Tanzboden für Minuten ihr ganzes Studium.

Mein Gott! Wenn jetzt da wirklich sich der echte Teufel eingeschlichen hätte? Und ausgerechnet mich hätte er erwischt? – Sie möchte aufhören. Aber die Musikanten hören nicht.

Der unheimliche Teufelstänzer wirft der Musik immer wieder einen Geldschein hin. Und gleich spielen die Musikanten weiter. – Und immer feuriger. Schon braucht er ihnen nur noch zunicken. – Das kann nicht gut ausgehen.

Die Ursula kriegt Herzklopfen, kriegt schier keine Luft mehr. Sie will aufschreien, aber da streichelt ihr der wilde Tänzer einmal geschwind über ihre Hexenhaare und schon braucht sie nicht mehr zu schnaufen, schon kann sie tanzen mit ihm wie mit dem Teufel!

Der Wirt steht eine Weile hinter der Schenke an seinem Bierfaß und winkt den Musikanten zu, sie möchten doch in Gottes Namen aufhören! – Der hupferte Tanz dauert ihm zu lang. »Wenn die Leut allerweil tanzen, wird ja kein Bier getrunken!

Also, meine lieben Musikanten, nicht so fleißig, langsam, ein Stückl nach dem anderen! Und öfters einen Prosit einlegen, einen Prosit der Gemütlichkeit!«

Aber die Musikanten hören nichts mehr. Sie sind wie verhext. Mehreren Paaren ist die wilde Polka bereits zu anstrengend geworden. Der Schneidermeister ist gar ohnmächtig hingefallen und sogar einige der jüngeren Burschen können nicht mehr, ringen nach Luft. Mädchen husten und sinken zu Boden. Die Bläser aber können nicht aufhören! – Eine zufällig den Ball auch besuchende Münchnerin zerschmettert sich den Knöchel.

Endlich geht der geschäftstüchtige Wirt mit dem Bierschlägel auf das Musikantenpodium. Er fuchtelt mit seinem Anzapfer zwischen den Instrumenten herum, reißt dem Trompeter das Mundstück weg. Die anderen spielen allein weiter. Bum da-da! Bum da-da! Der Rhythmus ist noch so schwungvoll, daß einem die Melodie gar nicht abgeht.

Der Wirt muß jeden Musikanten schließlich mit Gewalt von seinem Instrument trennen! – Endlich ist Ruhe! – Und langsam gehen die noch auf der Tanzfläche gebliebenen Tanzpaare auf ihre Plätze.

Die gräußliche Wetterhexe aber dreht sich noch mit ihrem Sauteufel, daß nur so die Fetzen fliegen!

»Ja, Sternbombenlaudabimini«, ruft der Wirt, »ist jetzt a Ruh?!«

Er nähert sich mit entschlossenen Schritten dem immer wilder tanzenden Paar.

»Auseinander, sag i!«

Er will sie trennen. Aber beim Anfassen kriegt er einen elektrischen Schlag, daß er zu Boden fällt. Der Teufel tanzt jetzt noch wilder und zieht seine Hex immer weiter aufwärts. Schon tanzen sie bankhoch, tischhoch!

An die zweihundert Augenpaare können es bezeugen. Der Anblick war einmalig erregend. Das Paar schwebte, tanzte ohne Musik.

Endlich schlägt der Wirt, der noch mit seinem Bierschlägel am Boden liegt, ein Kreuz. Daraufhin tut es einen Schuß – laut wie von einer Salutkanone – Pulverdampf kommt auf und die Fensterscheiben klirren. Es wackeln die Wande des alten Wirtshauses.

Um Himmels willen, was ist denn jetzt passiert? – Die Lampen brennen nicht mehr. Der Strom ist ausgefallen! – Alles drückt sich zusammen im Saal. Und die meisten Hexerl und Teuferl haben eine höllische Angst und spüren das Herz schlägeln!

»Alle guten Geister loben Gott den Herrn! – Was ist denn passiert?«

Die kuraschierte Wirtin findet als erste ihre Stimme wieder. Sie tastet sich zur Sicherung und schaltet den Automaten wieder ein. Da brennt auch im Saal wieder das Licht. – Von einem Teufel aber ist nichts mehr zu sehen. Nur eine häßliche Wetterhexe liegt mitten im Tanzsaal auf dem Boden.

Langsam gehen die Maskierten zu ihr hin. Bücken sich, heben sie auf. – Aber die Hexe gibt kein Lebenszeichen mehr. Der Doktor wird gerufen. Er ist sogar im Saal anwesend. Er fühlt den Puls, reißt der Hex die Larve herunter. Da sind alle Leute, die im Kreis herumstehen, entsetzt. –

»Uih«, rufen sie, »um Gottes willen!«

Das Gesicht, das da unter der Larve steckt, ist ja wieder so ein häßliches Larvengesicht! Ja, hat sie denn zwei Larven aufgehabt? – Nein, nein, das ist Fleisch und Bein! Das sind echte Haare, die schweinsschmalzenen Borsten! Das ist dem Mädel ihr echtes Gesicht! –

Die Männer tragen sie hinaus, legen sie in der Hochzeitsstube auf ein Kanapee. Endlich kommt der Krankenwagen. Man fährt die Entstellte ins Kreiskrankenhaus. Sie muß eine Woche lang liegen. Sie wird mit Spritzen und Tabletten, mit Massagen und Bädern traktiert und die entsetzlichen Muskelverzerrungen ihres Gesichtes entspannen sich langsam.

Allmählich wird sie wieder die junge, schöne Ursula, die Radlmüllertochter und Studentin der Medizin. Die Eltern bringen sie heim.

Die Semesterferien sind noch nicht zu Ende. Der Skiurlaub im Salzburgischen freilich ist verpaßt. Was werden sich ihre Kommilitonen und Freundinnen gedacht haben? Sie hatte sich nicht einmal entschuldigen können.

Oder haben sie ihr Fernbleiben gar nicht bemerkt? – Auch ein gewisser Niki nicht?

Da legt ihr der Vater mehrere Zeitungen auf den Tisch. Es sind großaufgemachte Meldungen über eine Lawinenkatastrophe. Sie erbleicht und der Atem stockt

ihr. »Fünf Studenten fanden den weißen Tod«, steht da in großen schwarzen Buchstaben. »Mein Gott, der Niki«, flüstert sie entsetzt.

»Und du wärst die sechste gewesen«, sagt der Vater, »wenn dich die verhexte Percht nicht gerettet hätte.«

»Oder es hat uns die selbige alte Sennerin geholfen, die wo mich auf der verwunschenen Alm so seltsam angeschaut hat?« fügte die Radlmüllerin fragend hinzu.

Aufforderung zum Tanz

Tausende von Kilometern von der Heimat entfernt ziehen sie dröhnend ihre Flugbahn über den Atlantik.

Europawärts sind sie vor dreieinhalb Stunden gestartet. Noch fliegen sie in der Nähe Amerikas. Der Copilot Florian M. hat den riesigen Vogel in der Hand. Die Instrumente funktionieren zuverlässig. Die Höhe beträgt 35 000 Fuß.

Am weit geöffneten Himmelszelt leuchten die Sterne. Die Passagiere haben schon gespeist und einen Gutenachttrunk eingenommen. Viele von ihnen richten sich auf einen Schlaf ein.

Im Cockpit, nachts über dem Atlantischen Ozean, in einer Höhe von elftausend Metern, kann ein Mensch von der Unendlichkeit träumen. Aber Piloten sind keine Träumer. Wenngleich Navigation und Autopilot vortrefflich zusammenarbeiten, haben sie genügend zu tun. Die Instrumente sind zu überwachen, es können Turbulenzen auftreten, es kann ein Triebwerk ausfallen. Die Kopfhörer schweigen. Das störende Dudeln und Pfeifen ist verstummt. In der Position bei 40 Grad westlicher Länge herrscht auf fast allen Frequenzen eine wohltuende Funkstille. Eben hat der Kapitän die fällige Positionsmeldung gesprochen. Er schaltet wieder auf Kanal 121,5 Kilohertz, auf die Notfrequenz. Er stutzt. Was ist denn das? – In seinen Hörmuscheln spielt ein Klavier. Noch nie hat jemand in dem geheiligten Sendebereich des Airtraffic-Controler Klavier geklimpert! – Ziemlich kräftig wird da in die Tasten gegriffen. Fortissimo. Der Kapitän spricht seinen Copiloten an. Aber der hört in seinem Kopfhörer kein Klavier. – Seltsam! – Das ist unmöglich, das war noch nie dagewesen! Der Kapitän schaltet die Frequenz 127,9 Kilohertz ein, auf der man auch mit benachbarten Maschinen sprechen kann.

Er traut seinen Ohren nicht, das Klavier ist auf dieser Welle besonders klar zu hören. Der Copilot aber hat es wieder nicht im Hörer. So ein Blödsinn!

Der Flugingenieur, der in seinem Kopfhörer auch diese Musik hört, beginnt sich für den Fall zu interessieren. Er prüft alle erreichbaren Frequenzen im UKW-, Mittel- und Kurzwellenbereich. Das Ergebnis ist kaum zu fassen, auf jedem Kanal spielt ein Klavier. Hier deutlicher, dort schwächer. Am kräftigsten auf der Frequenz 127,9. Sogar aus der Bordleitung klimpert es. Der Kapitän wundert sich. In seinen 9500 Flugstunden ist dem erfahrenen Luftadmiral dergleichen noch nicht vorgekommen. Ein ganz neues Streßgefühl ist das. Very mystical! Und immer das gleiche Stück, die gleiche Melodie! Er hat sie jetzt mindestens zwanzigmal gehört, kennt sie bereits auswendig; denn es handelt sich nur um etliche Takte.

»Erkennen Sie die Melodie?« fragt der Copilot, der in seinem Kopfhörer seltsamerweise von dem Spuk noch nichts mitbekommen hat.

»Nein, ich mach mir nichts aus klassischer Musik, ich bin Pilot und kein Kapellmeister.«

Der Herr Kapitän ist über den Vorfall allmählich

mehr verärgert als betroffen. Da steckt sicher ein Blödsinn dahinter! Der Flugingenieur prüft weiterhin alle Frequenzschaltungen. Er entdeckt keine Spur. Er deutet die Klaviermusik schließlich als exorbitale Halluzination des Kapitäns.

»Entweder finden Sie bald eine annehmbare Erklärung, oder wir brechen den Flug ab«, übertreibt der Kommandant. »Lieber eine Notlandung auf Neufundland, als so ein verrücktes Klaviergeklimper auf allen Frequenzen!«

Der Ingenieur meldet die Störung telefonisch nach Frankfurt. Dann will endlich auch der Copilot das mysteriöse Klavier ins Ohr bekommen. Die beiden tauschen den Kopfhörer aus. »Versprechen Sie sich nicht zu viel davon, Florian«, krittelt der Kapitän, »ich versteh nicht viel vom Klavierspiel, aber unser Pianist hier ist kein großer Meister, das kenn ich. Einmal greift er daneben. – Um so verrückter ist die Geschichte! – Hallo, was ist Ihnen? – Ist Ihnen nicht wohl? Sie sind ja kreidebleich! – Keine Angst, I have it!« Der Kapitän übernimmt die Maschine, denn sein Copilot scheint plötzlich krank geworden zu sein. Er hatte kaum im Kopfhörer das Klavier vernommen, als er sofort alle Zusammenhänge begriff und die entsetzliche Chiffre dieser seltsamen Traumbotschaft urplötzlich gedeutet hat. Die Melodie nämlich kennt er sehr gut. Und die Pianistin noch besser. Das ist seine Mutter, die da unaufhörlich und mit Bravour aus Carl Maria von Webers »Aufforderung zum Tanz« den Beginn des Tanzes herunterspielt, die kurze kräftige Stelle, die unmittelbar der stilleren Einleitung, eben der Aufforderung zum Tanz, folgt. Dieses schwungvolle Entré, das nur ungefähr fünf Sekunden dauert, drückt sehr temperamentvoll, an kräftigen, aufsteigenden Akkorden eine schwebende, ja auffliegende Bewegung aus.

Wie gern hat seine Mutter gerade diese Takte viel geübt und gespielt! Schon als Knabe war ihm die Melodie geläufig. Die »Aufforderung zum Tanz« gehörte zu ihrem Lieblingsrepertoire, war Jahre über ihr Kabinettstück gewesen. Freilich hat sie einen Akkord manchmal fehlerhaft angeschlagen, je nach der augenblicklichen Nervosität. Das war dann immer der gleiche Akkord am Beginn der zweiten Phase. Da sie sich aber nur selten vergriff, pflegte sie sich auch nie zu verbessern.

Aus dem Kopfhörer, jetzt, im Cockpit der großen Verkehrsmaschine, 35 000 Fuß über dem Atlantik, klingt eben die Fassung mit dem leicht entstellten As-Dur-Akkord.

Und sie wiederholt die eineinhalb Zeilen ununterbrochen mit kraftstrotzendem Anschlag. Allegro vivace!

Er sieht sie vor dem Flügel sitzen, im Schlafrock, die roten Pantöffelchen auf den Pedalen, genauso, wie er sie als Kind, am Boden spielend, schon erlebt hatte.

Und wie er sie erst gestern im Traum gesehen! Mein Gott, jetzt fällt ihm der ganze Traum überhaupt erst ein! – Vor Sekunden noch hatte er keine Ahnung mehr von dem Traum. Und doch hatte er ihn letzte Nacht im Roosevelt-Hotel in New York geträumt! Er war sogar erschrocken aufgewacht; um dann allerdings erlöst, da es ja nur ein Traum war, gleich wieder einzuschlafen.

Und jetzt eben schob sich der ganze Alptraum blitzartig und ausführlich ins Bewußtsein.

Er hatte also geträumt, seine Mutter spiele Klavier, eben das Stück aus Webers »Aufforderung zum Tanz«.

Er war noch ein Kind, saß am Boden und spielte mit einem Flugzeug. Da rief ihm die Mutter vom Flügel her plötzlich zu: »Du sollst nicht mit dem Flugzeug spielen! Piloten leben gefährlich.«

Er aber sei trotzdem gestartet und Mama hat wütend weitergespielt. Dann flog er im Traum über den Atlantik und Mama spielte immer Klavier dazu. Er aber saß im Cockpit und donnerte den Sternen entgegen. Da, plötzlich tauchen vor ihm in der Dunkelheit des weiten Horizontes zwei Lampen auf. Zwei winzige Lämpchen. Eine rot, die andere grün. Rasch streben sie auseinander, werden grell und scharf, wachsen sekundenschnell in eine unvorstellbare Breite.

Das sind die vorderen Positionslampen einer entgegenkommenden Maschine! – Himmel hilf! – Florian weiß es im Traum und er weiß es in diesem Augenblick.

Mama hörte zu spielen auf, schloß entsetzlich laut ihren Flügel, rief ihm aufgeregt zu, erklärte ihm alles.

»Das ist kein Nearmiss, Flori«, schrie sie, »das ist ein wirklicher Zusammenstoß! Denn der Gegner, eben noch euer Vordermann, hat Triebwerksausfall, verliert Höhe, fliegt zurück nach Grander, stößt frontal auf euch!«

Die Mutter stand am Flügel, bediente sich eines Sprachrohrs und schrie zu ihm, in die Flugzeugkanzel, herauf. Ausführlich und geschwind sprechend: »Noch fünf Sekunden bis zum Crash!«

Und dann schwebte er im Traum den leuchtenden Sternen entgegen, leicht und beschwingt, wie ein glücklicher Copilot ohne Flugzeug eben fliegt. Und dazu spielte Mama wieder auf ihrem Pianoforte. Noch geschwinder und jetzt fehlerfrei.

An dieser Stelle war er letzte Nacht aufgewacht, hatte sich umgedreht und war gleich wieder eingeschlafen.

Was soll der Traum? Ist die Realität traumhaft genug! Die Maschine dröhnt europawärts, der Himmel hängt voller Sterne, die Triebwerke brummen, die Instrumente reagieren, die Stewardessen mixen Cocktails, die Passagiere schlafen. – Nur im Kopfhörer spielt Mama wider jedes Naturgesetz ihr Lieblingsstück. Mein Gott, was hat das zu bedeuten? – Es gibt keine vernünftige Erklärung. – Der Kapitän denkt nach, der Flugingenieur gibt sich jede Mühe, das ungehörige Klaviergehämmer aus dem Kopfhörer zu verbannen.

»Commander, ein traffic kommt auf uns zu. Ich weiß es, fühl es. Die Melodie sagt mir's. Paßt auf!« Der Schweiß steht ihm auf der Stirn, er schaltet den Autopiloten aus und alle drei starren sie mit Luchsaugen in die Nacht hinaus. Die Hände umklammern die Hebel. Und dann tauchen auch schon zwei winzige Lichter auf.

Sie reagieren innerhalb einer halben Sekunde und drücken die Maschine nach links hinunter. Die beiden Leuchten nähern sich in rasender Geschwindigkeit. Eine rot, die andere gelb. In vier Sekunden wird von ihnen nichts mehr zu sehen sein. Nur eine Kette heller Fenster huscht oben rechts vorbei. Ein heller Strich. Keine fünfzig Meter entfernt!

Die Herren in der Flugkanzel sehen sich an. Zu erschrecken hatten sie keine Zeit. Der Copilot reicht seinem Kapitän die Kopfhörer. Der setzt ihn auf und hört konzentriert zu. Nach einer Weile sagt er: »Jetzt spielt sie richtig. Aber er verschwindet. Nichts mehr zu hören.«

Der Flugingenieur spricht erregt ins Mikrofon: »Hier LH 673, eastbound 35 000 feet, wer ist uns eben begegnet?«

Und sofort bekommen sie die Antwort: »Hier NN, wir entschuldigen uns, weil wir uns noch nicht melden konnten. Wir hatten die letzten fünfzig Sekunden alle Hände voll zu tun. Triebwerksausfall und flameout, müssen umkehren nach Gander und Höhe aufgeben. Haben euch rechts unten erlebt …«

»Na, denn, glückliche Heimfahrt! – Habt ihr einen Pianisten an Bord?«

»Ne, aber einen berühmten Boxer …«

Die technische Untersuchung des merkwürdigen Kopfhörerdefektes ist heute noch nicht abgeschlossen. Und eine Erklärung über die Herkunft der seltsamen Klaviermusik aus dem Äther über dem westlichen Atlantik konnte noch nicht gefunden werden.

Die Aussage des Copiloten wurde als funktechnisch unbrauchbar erklärt und nicht einmal protokolliert.

Der geschändete Dichter

Eine Ungeheuerlichkeit ist passiert. Im Studio IV brennen an einer ganz bestimmten Dialogstelle während der Produktion des Fernsehspiels »Amalie« die Sicherungen durch. Und dann bricht auch noch – beim nämlichen Satz – der Kameramann zusammen! Er hat einen Kreislaufkollaps erlitten. Entsetzen erfaßt das ganze Team. Ein Gespenst im Fernsehstudio!

Diese Ungeheuerlichkeit hat eine lange und umständliche Vorgeschichte. Man darf sie nicht länger verschweigen.

Franz Josef Zahm ist nicht nur der General der gesamten Dramaturgie, er gilt unter seinen Freunden auch als einer der bedeutendsten Theater- und Fernsehregisseure Europas. Mit Kennerblick findet sein literarischer Geschmack und seine kritische Urteilskraft, mit Hilfe von mehreren Lektoren und Hilfsdramaturgen, von hundert Stücken nicht ein einziges aufführungswürdig.

Er, der berufene arbiter elegantium, ausgestattet mit der Gewalt der Programmentscheidung, ergreift sein Regisseurszepter nur, wenn sein dramaturgischer Scharfblick auf Anhieb einen seit Jahrhunderten oder gar Jahrtausenden erprobten Welterfolg einer Dichtung erkennen kann: wenn es sich, wie er es nennt, »um ganz hübsche Urstoffe« handelt.

Seine Inszenierungen werden jahrelang gründlich vorbereitet. Die ersten Schauspieler der Nation werden engagiert, das perfekteste und besteingerichtetste Studio wird ausgewählt, ein ungemein tüchtiger Elitestab wird sorgfältig, auch nach psychologischen, ästhetischen und partnerschaftsfreundlichen Aspekten zusammengestellt. Bei den Scriptgirls, den Produktionsassistentinnen und der jungen grande dame am Mischpult wird selbst der Farbton des zu benützenden Fingernagellacks noch besprochen. Auch Erkundigungen über deren freundschaftliche Verpflichtungen und Ehemüdigkeiten läßt Franz Josef Zahm einholen.

Man produziert auch nicht unbedingt in einem heimischen Studio. Um die Schwelle der poetischen Reizbarkeit seines an sich allem Geistigen abholden Gemütes zu heben, um sich gewissermaßen selbst in eine optimale Regiefreudigkeit zu bringen, verlegt man die gesamte Inszenierung in eine fremde Filmmetropole, zum Beispiel in die allzeit musische Kaiserstadt Wien.

Der weiche Akzent der liebenswürdigen Wiener und das team-work-freundliche Milieu der Hotellerie wirken auf den Regiestab positiv.

Franz Josef Zahms Inszenierungen werden dann auch immer als zeitlose, große Artigkeiten empfunden.

Weil aber im Wandel der Moden auch schon wieder die zarten Blüten frischausgegrabener Romantiker zu Ansehen kommen, versucht sich unser Regiegeneral jetzt an einem neoklassizistischen Spätromantiker der Münchner Schule, an dem längst vergessenen Dramatiker Martin von Berchtolt, geboren 1826 in einem schwäbischen Schloß, gestorben 1909 in München.

Auf der Auerdult hatte er, der eigentlich ein Biedermeiersofa suchte, im Stand eines Antiquars, zufällig die sieben Bände des Berchtolt'schen Gesamtwerkes entdeckt. Es handelte sich um eine Prachtausgabe in Goldschnitt und Leder.

Mit Sympathie blätterte er in einem Band herum und sah gleich, daß es sich da um einen Dramatiker handeln mußte, der Bühnenstücke verfaßt hatte, zahllose Dramen; denn sechs Bände waren voll von Tragödien und Komödien. Der siebte und letzte Band enthielt Autobiographisches und Briefe. Welch einen unschätzbaren Fund hatte er da gemacht!

Er erwarb das noble Gesamtwerk und fuhr in sein Büro zurück, im Auto dabei schon fleißig lesend. Im Sekretariat schon rief er seinen Vorzimmerdamen zu: »Verbinden Sie mich mit einem Universitätsprofessor für neuere deutsche Literaturgeschichte! Aber mit einem älteren Herren dieses Faches, also mit einem älteren Professor für neuere deutsche Literatur!«

Das Gespräch kommt augenblicklich zustande. Natürlich kennt der Professor den Dichter Martin von Berchtolt. Er ist sogar ein Berchtolt-Spezialist, hat ihn in seinen Vorlesungen immer ausführlich behandelt und über den bedeutenden Dramatiker auch zahlreiche Arbeiten veröffentlicht. Der Professor erzählte dem Regisseur mit Begeisterung von den unglaublichen Publikumserfolgen Berchtolts noch in den sechziger und siebziger Jahren des vergangenen Jahrhunderts. Wie nach der Premiere des Trauerspiels »Amalie« z.B. die Zuschauer geschluchzt hätten und tiefergriffen aus dem Theater hinausgewankt wären. Nicht wenige Frauen sollen gar ohnmächtig geworden sein!

Er selbst habe Martin von Berchtolt den bayerischen Ibsen genannt. Besonders aufführungswert sei die Tragödie »Das Weltkind oder der gläubige Atheist«. Und die Komödie »Der Graf von Lustheim« könne er auch empfehlen. Franz Josef Zahm entschied sich dann doch für die reine Romantik, für das Trauerspiel »Amalie«. Die Bearbeitung und Fernsehfassung wollte der Regisseur selber übernehmen.

Dramaturgie klingt in manchen Ohren wie Chirurgie. Und was dem Chirurgen das Messer, bedeutet dem Dramaturgen der Bleistift. Berchtolt's Szenen erschienen ihm plötzlich viel zu ausführlich und langatmig.

Aber Dialoge können noch verschlungener sein als verwickelte Gedärme. Kaum hat er hier gestrichen, muß er dort wieder einen Passus stehen lassen. Textumstellungen geraten noch komplizierter und verändern nicht selten Charaktere, wirken sich gar auf den Handlungsablauf aus.

Um einen flotteren, gefälligeren Anfang zu nehmen, setzt er Teile des zweiten Aktes vor den ersten. Die Sekretärinnen müssen fast jede Woche eine andere Fassung ins Reine schreiben. Aber man hat Zeit! Man reist zur Erstellung einer endgültigen Rohfassung mit einer jungen Dramaturgin nach Berlin! Auch diese Stadt hat einen musischen genius loci, früher gleich gar im Motiv der zusammenhaltenden Mauer!

Um dem Vorwurf einer »gegenwartsfernen Beziehungslosigkeit« zu entgehen, ändert er den Beruf des Vaters der Amalie. Bei Berchtolt ist er ein königlicher Forstmeister. Bei Zahm wird er ein Goldschmied sein. Und die gute Mama bekommt leidende zwar, aber spürbar unterbewußte Züge einer früh emanzipierten Münchner Kellnerin. Feinheiten würde man im Fernsehstudio noch ändern und einrichten.

Die ersten Tage geht alles gut. Der Produktionsleiter macht dem großen Fernsehboß keine geringen Komplimente wegen der wunderschönen, harmonischen und reibungslosen Zusammenarbeit aller Beteiligten.

Am neunten Tag der Aufzeichnung aber geschah dann das Unvorstellbare.

Schlagartig wird es im Studio stockdunkel. Alle Sicherungen sind durchgebrannt. Auch die der Notstromaggregate!

Zunächst regte das nur die Techniker auf. Bald brannte wieder Licht und es konnte die Klappe ein zweites Mal geschlagen werden. Man kam aber mit der Szene wieder nur bis zu der Stelle, wo der Baron zum Ministerpräsidenten den Satz spricht: »Weint Bayerns Königin, marschiert die Revolution!«

Kaum hatte der Darsteller des Barons, ein gebürtiger Pommer, den Satz gesprochen, war auch das Studio schon wieder in ein völliges Dunkel gehüllt.

Wenn so komplizierte Stromkreisläufe zusammenbrechen, kann das tausenderlei Gründe haben. Wer findet den Kurzschluß?

»Es gibt keinen Kurzen«, sagen die Elektriker, nachdem die Sicherungsautomaten wieder eingeschaltet sind. Die Scheinwerfer strahlen, die Kameras zeichnen auf, die gesamte Technik ist einsatzbereit.

Zum dritten Male wird die Klappe 659 geschlagen. Der Ministerpräsident widerspricht dem Baron, der gerade von der Eifersucht der Königin auf Amalie erzählt. Die Aufzeichnung läuft wunderbar, »reibungslos«, wie

Franz Josef Zahm den Ablauf seiner Inszenierungen gern titulieren läßt.

»Gleich kommt wieder die Stelle, wo es uns vorhin alle Sicherungen geworfen hat«, denkt ein aufmerksamer Aushilfsbeleuchter. Er ist der erste Mensch im Studio IV, der einen Zusammenhang ahnt. Die anderen, vom Aufnahmeleiter bis zum Kleindarsteller und den Requisiteuren denken nichts Böses. Zahm, vor dem Monitor sitzend, ist mit sich zufrieden und gibt sich gerade dem Gefühl der Souveränität hin.

Eben sagt der Baron wieder: »Die eine weint, die andere rächt sich, beglückt ist keine. Und wie das Sprichwort sagt: Weint Bayerns Königin, marschiert die Revolution!«

Die Scheinwerfer verglühen. Das Studio ist stockdunkel.

»Wer wagt es da, mich fortwährend zu ärgern?

Im Namen der Hauptabteilung Fernsehspiel bitte ich Sie, diese albernen Scherze gefälligst zu unterlassen!« Herr Zahm hat sich in eine maßvolle Erregung hineingeredet. Die Strapazen seines Blutkreislaufes aber berühren den mittlerweile wiederhergestellten Stromkreislauf des Fernsehstudios nicht. Kaum zitiert der Baron, nun zum vierten Male, das Sprichwort von der weinenden Königin, gehen abermals die Lichter aus.

Nun fällt es mehreren auf. »Weint Bayerns Königin, marschiert die Revolution!« Immer nach diesem Satz passiert es. Und immer wieder kann der Schaden leicht behoben werden, brauchen nur die Automaten der Sicherungen eingedrückt werden.

Nach der neunten, zehnten, elften, zwölften und dreizehnten Klappe steht dem Oberbeleuchter der Angst-

schweiß auf der Stirn. Auch den Herren Ingenieuren vom Meßdienst kommt der Vorfall nicht mehr geheuer vor.

Franz Josef Zahm allein bleibt gelassen und verkündet vorzeitig den Drehschluß. Man werde morgen weitermachen, wenn die technischen Einrichtungen wieder in Ordnung gebracht worden wären. Der Darsteller des Barons ist bereits von seltsamen Ahnungen geplagt. Bei der neunten Klappe verspürte er bereits heftiges Herzklopfen. Er dachte daran, wie gerade dieser Satz von Herrn Zahm mehrmals abgeändert worden war. Ursprünglich hieß er im Original Martin von Berchtolts: »Weint Bayerns Königin, schmilzt im Gebirg' der Schnee.« – Dem Regisseur schmeckte dann plötzlich diese poetische Sentenz nicht mehr. Er hielt sie beziehungslos und non relevant. Das war der Stil der Gartenlaube! Er gab dem Satz eine rein logische Fassung: »Weint Bayerns Königin, haben die Kammerzofen zu tun.« – Was ihm dann wieder zu nüchtern und nichtssagend schien. Vor allem auch zu altmodisch!

Revolutionär, wie das Weltprogramm gerade zugeschnitten war, gab er dem romantischen Sprichwort schließlich die glückliche Interpretation: »Weint Bayerns Königin, marschiert die Revolution!« – Und dann gingen die Lichter aus.

Den anderen Morgen kam das ganze Team in bester Laune ins Studio. Die Techniker hatten schon eine Stunde lang eingeleuchtet und alle Schaltungen ausprobiert. Der Stromkreis im Studio IV zeigte sich jeder Situation gewachsen. Die Schauspieler wurden gerade drehfertig geschminkt, die Klappe neu geschrieben. 659, die vierzehnte!

Der Baron war nervös. Gleich würde er die gefährlichen Worte aufsagen müssen: »Weint Bayerns Königin...!« Und tatsächlich, die Scheinwerfer verglühten, im Studio IV wurde es zum vierzehnten Male stockdunkel.

Die Herrschaften des Teams verstummten. Die Damen sprachen offen von einem unheimlichen Angstgefühl. Nur der Regisseur blieb noch demonstrativ gelassen. Die Sicherungen wurden augenblicklich wieder eingedrückt, denn eigene Elektriker standen bereits beobachtend vor den Automaten. Es blieb kaum fünfzehn Sekunden lang dunkel im Studio. Der Zeitverlust war also gering. Aber die Aufzeichnung kam nicht voran.

»Laßt euch nicht verrückt machen, Freunde, wir drehen weiter!« Er blieb der überlegene Chevalier, der Mann, der jeder Situation gewachsen war. Neben seiner Lieblingsbildmischerin saß er am Regiepult und sah fast gelangweilt in den Monitor. Seine zähe Natur ließ nun sechsundreißigmal nacheinander dieselbe Klappe schlagen. Obschon jedesmal die elektrische Leitung zusammenkrachte. Bei der 37 fiel der Chefkameramann in Ohnmacht. Er mußte in die Klinik gebracht werden.

Zahm ließt jetzt erst recht weiterarbeiten. »Freunde, Kollegen, ich glaube nicht an Gespenster. Wir versuchen es jetzt noch dreimal in aller Ruhe und mit äußerster Konzentration. Klappt es dann wieder nicht, lasse ich dieses Studio räumen und wir ziehen um nach Studio II. Ruhe im Studio, bitte Ton ab!«

Mein Gott, die Hartnäckigkeit Franz Josef Zahms ist so unheimlich wic das Durchbrennen der Sicherungen

an der jeweils gleichen Dialogstelle. Denn vielen ist die wahre Ursache der gespenstischen Stromausfälle klar geworden. Er hat an der Tragödie des vor neunzig Jahren verstorbenen Dichters Martin von Berchtolt zu viel geändert. Und der Geist des Poeten läßt sich das schließlich nicht mehr gefallen.

Der Darsteller des Baron spürt den unheimlichen Dichterzorn geradezu handgreiflich. Vor seinem jeweiligen Einsatz kriegt er jedesmal beängstigende Atembeschwerden. Er kann kaum mehr sprechen. Ihm ist's, als würge ihn jemand am Hals. Er fühlt den Geist des toten Dichters im Fernsehstudio. Aber nicht beflügelnd generiös weht er, nicht Glück verheißend! In unheimlich zorniger Erregung stöhnt er und verflucht den Kulturbetrieb einer Nation.

Während der nächsten Aufzeichnung fällt ein Tonmann vom Galgen und bricht sich den Arm. Die Gesichter erblassen, färben sich kreidebleich.

Zahm läßt die nächste Klappe schlagen! »Und wenn alle Lampen bersten, wir geben nicht auf«, spricht er über den Studiolautsprecher.

Da passiert etwas noch Unheimlicheres. Während der nächsten Aufzeichnung spielen die Monitoren verrückt. Sie zeigen nicht die Bilder der Kameras, sie erglühen in einem seltsam-jenseitigen Grün. Und eingefaßt in eine Art Heiligenschein, zeichnet sich das Porträt eines Schmerzensmannes ab. Seine Augen sind blutig geschlagen, seine Lippen geschwollen, sein ganzes Gesicht bespien und geschändet. Ist das Jesus nach der Dornenkrönung? –

Ein Ecce Homo! Und dennoch erkennen alle sofort das Porträt Martin von Berchtolts, dessen Fotografie für den Vorspann des Fernsehspiels eigens angefertigt worden war.

Und das von Anfang an im Studio hing.

Ein Aufschrei des Entsetzens geht durch das Studio. Die Bildmischerin fällt vom Stuhl, die Darsteller bekreuzigen sich, eine Maskenbildnerin rennt schreiend ins Freie. Niemand kann sie beruhigen, sie kommt in eine Nervenklinik.

Franz Josef Zahm versteht seine Welt nicht mehr. Zwar ist ihm die Geschichte selber nicht mehr ganz geheuer, aber die Empfindsamkeit eines gestorbenen Poeten möchte er doch nicht als die Ursache dieser lästigen, technischen Störungen in diesem verdammten und eben unzulänglichen Studio IV vorgewiesen bekommen!

Er verkündet Drehschluß und begibt sich nach Hause. Mürrisch legt er sich ins Bett. Auf dem Nachtkästchen liegen einige der noblen Bände der Berchtolt'schen Gesamtausgabe. Wahllos griff er sich einen heraus und beginnt zu lesen. Es ist gerade der siebte Band mit den Briefen an die Freunde und den autobiographischen Notizen.

Und justament fällt sein Auge genau auf die Briefstelle, in der Martin von Berchtolt seinem Freund, Professor Hugo Blaser, über sein eben vollendetes Trauerspiel »Amalie« folgendes mitteilt: »Lieber Freund, Gott hat mich manch schönen Satz formulieren lassen. Der schönste meines Lebens ist mir in der ›Amalie‹ geglückt. Er heißt: ›Weint Bayerns Königin, schmilzt im Gebirg' der Schnee.‹«

Franz Josef Zahm klappt das Buch zu. Er ist angenehm berührt. Wenngleich er natürlich weiß, wie häufig

das Laster der Selbsttäuschung gerade unter den besten Poeten verbreitet ist.

Mit einer lobenswerten Selbstüberwindung läßt er dennoch am nächsten Drehtag den Baron die Urfassung sprechen.

Und siehe da, es blieb Licht.

Das Siebensonntagsstöckl

Allerhand Zaubereien werden in der Silvesternacht angestellt und ausgeführt. Auch heute noch. Und weil die Volkskundler immer neue alte Bräuche auffinden, kommt der Aberglaube der Ururgroßeltern in den gebildetsten Kreisen wieder in Schwung.

Wer sich zum Beispiel vor Eifersucht gar nimmer zu helfen weiß und vom Neuen Jahr nichts sehnlicher als die Treue seiner Braut begehrt, der muß in der Silvesternacht eine geweihte Kerze anzünden, noch besser, ein altes Wachsstöckl von einer verstorbenen Verwandten. Und er muß dann sein Messer in dieses Wachsstöckl stechen und dazu dreimal laut sagen: »Lichtl, dir stech' ich ins Wachs, Liebste, dir stech' ich ins Herz!«

Dann kann er das ganze Jahr beruhigt und schön leben, denn seine Braut oder Frau wird ihm niemals untreu werden!

Und wenn sie dennoch etwas anstellen sollte, muß sie sterben – oder sie wird auf den Tod krank!

Der Irzn Hiase hat in der Silvesternacht von seiner toten Großmutter ein Wachsstöckl angezündet und auf die Habernbauer Rosi hin dann dem Wachsstöckl mit seinem Messer einen Stich gegeben. – Und was ist geschehen?

Bereits im Frühjahr hat die Habernbauer Rosi den Wetzn-Wastl geheiratet! Aber der Hochzeiter hat die Hochzeit um acht Tage verschieben müssen, weil ihm der Irzn Hiase aufgelauert hat und ihn bei einer wilden Rauferei arg verletzt hat, mit seinem gachgiftigen Messer, im rechten Oberschenkel. Die Hiase aber hat auf Bewährung sieben Monate bekommen.

Der Mensch soll eben nicht hexen und zaubern! Und schon gleich gar nicht in der Silvesternacht! Auf daß er nicht erschrickt! Denn in der Silvesternacht geht das Zaubern leicht! Dann kann es ein jeder! – Da sind zu viele Geister in der Luft. – Auch das Bleisieden und Kaffeesatz-Lesen kann einen erschrecken! Auf einmal weiß man, was es bringt, das Neue Jahr! – Mariand Josef, das ist ja ein Gewehr! – Was bedeutet denn das Gewehr? – Werd ich erschossen? – Oder wird's Krieg geben in unserer Ehe?

Der Bleigießer dieses Gewehres wurde in einen langwierigen Prozeß verwickelt und am Ende zu einer hohen Geldstrafe verurteilt.

Jawohl, man kann nicht vorsichtig genug sein mit dem Hexen und Zaubern!

Und was hast du schon von der Neugierde? »Wie's kommt, so kommt's, drum laß ma's rinnen, die Zeit, es is' nimmer weit!«

Ein gottergebener Mensch braucht keine Hexerei. Er begnügt sich schlimmstenfalls mit dem Seufzer:

»Es ist ja grad, daß d'Zeit vergeht!«

Glücklich sein heißt viel Zeit haben! Und ganz besonders für die Liebe braucht der Mensch viel Zeit! – Verschwiegene, glückliche Stunden, ja ganze Tage und Nächte! Was sind schon glückliche Minuten! – Glückliche Stunden zählen! Ja, vergiß die schönen Tage nicht, dann zählen die Jahre!

Keine Schmerzen haben, sagt Cicero, wäre das wahre Glück! Aber auch Zeit muß du haben zu einem schmerzlosen Dasein!

Ohne Zeit bist du ein Narr! – Schmerzlosigkeit und viel Zeit ist die Fülle des Glückes hinnieden! Der Weninger Xaverl, seines Zeichens ein nervöser Schreiner, der auch in der Freizeit eine geschwinde Behendigkeit ausstrahlt, als würde er am liebsten immerzu hämmern und hobeln. Ist ja auch kein Wunder, sein Vater, seine Groß- und Urgroßväter, auch mütterlicherseits, sind alle fleißige Schreiner gewesen! Der Xaverl also ist ein Mensch, der keine Zeit hat – und wenn Sie ihm vier Wochen zusätzlich schenken! – Selbst nachts steht er zwei-, dreimal auf, rennt in die Werkstatt, sieht nach, ob jener Lichtschalter ausgeschaltet ist oder dieses Kabel noch angesteckt, ob die Werkstattür verschlossen und der Ventilationsschacht offen, ob das Auto in der Garage abgesperrt und der geparkte Lieferwagen noch an seinem Platze steht. Kaum wieder im Bett, rennt er in den Keller und prüft den Wasserhahn für den Gartenschlauch. – Muß er im Urlaub einmal verreisen, wird's schlimm. Er verstaut die Banknoten in der inneren Falte seiner Brieftasche, steckt sie wieder in die äußere, Pässe in die linke Brusttasche, dann in die rechte zur Brieftasche, endlich ins Handschuhfach des Autos.

Kaum sitzt die Familie im Auto, muß er nochmals ins Haus, um nach dem Bügeleisen zu sehen! Zum zweitenmal werden dann die Koffer geöffnet, ob auch der Rasierapparat eingepackt ist. »Haben die Kinder ihr Badezeug dabei? Bittschön nachschaun, in Lazise ist's z'spät!«

Endlich fahren sie los. Nach sechs Kilometern wendet er zum erstenmal. Die Ungewißheit des möglicherweise geöffneten Dachlukenfensters läßt ihn keinen Meter mehr weiterfahren …

Seine Nervosität wird immer auffälliger. Schon muß er zusätzlich nachts seine Steuererklärung zwei-, dreimal nachsehen! Er sucht einen Arzt auf. Der schickt ihn zum Psychiater. Und der Psychiater sagt ihm schließlich: »Mein lieber Herr Weninger, Sie sind völlig normal. Ihre Nervosität ist konditionsbedingt im Phänotyp und Genotyp. Das macht aber nichts, denn einen kleinen Vogel haben wir alle. Lenken Sie sich ab, am besten wär's, Sie könnten eine starke Sammlerleidenschaft in sich entfachen!«

Was soll er sammeln? – Briefmarken oder Bierdeckel? Münzen oder Bilder? – Bei seiner Großmutter hatte er einmal mehrere Wachsstöcke in einer Kommodschublade gesehen. Und diese alten Wachsstöcke üben, selbst in seiner Erinnerung, eine starke Anziehungskraft auf seine gequälte Seele aus. Eben ist er wieder besonders nervös. Wo ist der Fahrschein? Er sucht ihn in allen Taschen seines Anzuges. Weil er mit den Autoschlüsseln immer so nervös ist, ist er heut eigens mit der U-Bahn zum Psychiater gefahren! Von der linken Hosentasche hat er sie bei der Herfahrt in die rechte gesteckt, von der rechten in die Rockstasche. Dann in das Reverstascherl. Endlich in den Geldbeutel! – Gottseidank, da sind sie. Er steckt sie nun in die linke Manteltasche. Das ist bequemer …

Ja, Wachsstöcke würde er sammeln! Schöne, verzierte, mit Heiligenbildern darauf! Wachsstöcke, wie sie früher am Lichtmeßtag vom Pfarrer geweiht worden

sind und dann, mit der Weihe, von den Männern ihren Liebsten geschenkt: Der Ehefrau, der Braut, der kleinen Tochter. Als Dankbarkeit für das fleißige Bettmachen das ganze Jahr über! Und weil die Mägde den Knechten aufbetten mußten, schenkten auch die ärmsten Bauernknechte am Lichtmeßtag, dem 2. Februar, den jüngsten Dritteldirnen ein Wachsstöckl.

Da ist also schon etwas dran, an so einem schönen, leuchtenden Wachsstock! Die Liebe, das Bett und ein Licht! – Und noch mehr: Reines Bienenwachs, ein schützendes Heiligenbild oder ein Kreuz, dann die Heilige Kerzenweihe und das Gebet. Denn eigentlich dienten die wächsernen Lichtstöckl den Frauen in der Kirche zum Anzünden auf ihrem Kirchstuhlplatz während der Heiligen Messe.

Sie durften ihre geliebten Wachsstöckl leuchten lassen. Die schönsten und liebsten hat ja keine zum Brennen hergenommen, die hat man immer schon aufbewahrt wie die noble Wäsch' im Kommodkasten. Die Männer verbrannten nur ihre billigen Pfennigkerzlein.

Die Zeiten sind lange vergangen. Elektrische Lampen erhellen das Kirchenschiff, und den Gläubigen hat man darum das Lichtlbrennen während der Messe schon vor hundert Jahren verboten.

Hergeschenkt haben die Mannsbilder die Wachsstöckl allerdings schon länger. Solange die Wachszieher die prächtigen Lichtstöckl haben machen können und wollen, bis in die zwanziger, dreißiger Jahre unseres Jahrhunderts hinein. In Limburg gibt's den größten Wachsstöcklmarkt.

Ja, Wachsstöcke würde er sammeln! – Gleich fuhr der Xaverl zu seiner Schwester, die damals von der

Großmutter den alten Kommodkasten geerbt hatte. – Er hatte einen glücklichen Tag. Die Schwester verkaufte ihm das Möbel und auch die alten Kerzenstöcke. Siebzehn waren es noch. – Ein stolzer Anfang für einen jungen Sammler!

Mit der ganzen Hingabefähigkeit seiner nervösen Seele, mit echter Sammlerleidenschaft, war er von nun an hinter den Wachsstöcken her. Er besuchte alle erreichbaren Antiquitätenhändler, sprach alte Frauen und Bäuerinnen an, ließ gar Anzeigen in die Zeitungen rücken! Und er fuhr nach Limburg.

Die Sammlung wuchs. Nach einem Jahr besaß er bereits 96 Wachsstöckl. Einfache, prächtige, weiße und grüne und rote, vergoldete und herzförmige mit einem Christkindl, meßbuch- und hufeisenförmige! Kleine Wachsaltäre und geflochtene wächserne Kränze waren darunter. Er sah sie täglich dreimal durch, zählte und verrückte sie, packte sie um von einer Schublade in die andere, denn seine Nervosität hatte nicht wesentlich nachgelassen. Das Leiden war allerdings auch nicht mehr schlimmer geworden.

Plötzlich bekam er eine Zuschrift auf eines seiner Inserate. Eine vierundneunzigjährige Frau bot ihm ein »Siebensonntagsstöckl« an. Da sie nun nicht mehr länger leben wolle, würde sie das kostbare Stöckl gerne in rechten Händen wissen.

Er fuhr zu der Urgroßmutter ins Altersheim. Noch nie hatte er von einem Siebensonntagsstöckl etwas gehört. – Gespannt lauschte er der Alten.

»O mei, dös waar a lange Gschicht! A Siebensonntagsstöckl hat a bsondere Kraft. Und wenn einer so ein Siebensonntagsstöckl hat, nachand werd er net krank.

Und is er krank, werd er gsund. Und hat er an Wunsch, werd er eahm erfüllt.«

Weningers Augen leuchteten auf. Er war schon ein wirklicher Glückspilz!

Die bettlägerige alte Frau erzählte ihm auch noch, wie ein gewöhnlicher Wachsstock zu einem Siebensonntagsstöckl gemacht werden kann. – »Er muß siebenmal die Heilige Lichtmeßweihe bekommen! – Aber jedesmal an einem Sonntag, wenn Lichtmeß also auf einen Sonntag fällt! – Und weil das nach dem Kalender nur alle sieben Jahre einmal passiert, braucht ein Siebensonntagsstöckl 49 volle Jahre, bis es ganz ist.«

Mit vierzehn Jahren habe sie das Wachsstöckl von einem jungen Schreiner geschenkt bekommen. Das war ihre große Liebe gewesen. Aber der Weltkrieg habe ihr den Bräutigam genommen.

Das Wachsstöckl hat sie als einziges Andenken an ihn ihrer Lebtag aufbewahrt. Und sie hat streng darauf geachtet, daß es ein Siebensonntagsstöckl geworden ist. – Sie habe nun genug gelebt. Und weil er ein Schreiner sei, könne er es haben.

Und dann deutete sie auf den Schubladen ihres Nachtkästchens. Xaver Weninger öffnete ihn und nahm das schlichte Stöckl behutsam in seine Hände.

Er spürte sofort eine Kraft in seinen Körper strömen. Oder floß sie in seine Seele? – Eine jugendliche Frische und Stärke durchfuhr ihn, und er spürte, wie seine Nervenstränge dicker wurden. Er war gesund. Gelassen fuhr er heim, nichts mehr konnte ihn aus der Ruhe bringen.

Die Familie atmete auf. »Unser Papa ist nicht mehr nervös!«

Der Mayer Martl

Dies ist zwar eine Geschichte ohne Gespenst, aber dennoch die Beschreibung eines furchterregenden, gespenstischen Ereignisses.

»Ein schöner Tod«, sagen oft die Leut, wenn einer vom Fleck weg stirbt, seinen Freunden noch zuprostet, die Kellnerin bezahlt, lachend aufsteht und tot umfällt. »Ein schöner Tod«, sagen sie dann; und begründend fügen sie hinzu: »Der hat net lang leiden brauchen.«

Aber in der Allerheiligenlitanei heißt es: »Vor einem jähen und unvorhergesehenen Tode – verschone uns, o Herr!«

Das sind Widersprüche von Zeit und Ewigkeit. Der Tod ist niemals schön. Auch angesichts der ewigen Seligkeit wird er gefürchtet.

Selbst ein entsetzlich langes Leiden, mit täglich spürbarem Matterwerden, läßt einem noch am Leben hängen. – Gern und bewußt stirbt selten einer. Ein jeder erschauert vor der Majestät des Todes, vor seinem Grab. Das Begrabenwerden zwar braucht keiner erleben, es sei denn, er sieht von der Ewigkeit aus neugierdehalber zu.

Aber daß einer, lebend noch, seine eigene Beerdigung »miterlebt« hätte, ist unbegreiflich. Und doch ist es vorgekommen. Lebend begraben werden war einmal eine der entsetzlichsten Todesstrafen abscheulicher Potentaten für besonders gehaßte Insurgenten und Palastrevolutionäre gewesen. Unser Jahrhundert kennt andere Greueltaten.

Es sei denn, es würde einer scheintot begraben? – Erfahrene Friedhofswärter, die ein Leben lang Tote aufgebahrt haben, beantworten diese Frage mit einem Lächeln oder Kopfschütteln; fügen aber dann doch hinzu: »Also gänzlich ausschließen kann ich es nicht, und mir persönlich ist nur ein einziger Fall bekannt. Und der liegt aber auch schon wieder zweiundvierzig Jahre zurück. Damals hat eine alte Frau im Sarg plötzlich das Röcheln und Stöhnen angefangen. Ich hab sie sofort ins Städtische Krankenhaus zurückbringen lassen. Über die Polizei und das Rote Kreuz selbstverständlich. Na ja, keine drei Wochen später haben wir sie dann doch beerdigen müssen!«

Diese Geschichte ist so authentisch wie die folgende, die sich zur Urgroßvaterszeit in einer Münchner Chirurgischen Klinik tatsächlich zugetragen haben soll.

Man hat ihn den Mayer Martl geheißen; er war gerade zwanzigjährig geworden und ist ein schneidiger Bursch gewesen. An der Art und Weis, wie er den rogligen Adlerflaum aufgesteckt hatte auf seinem grünen Hut, haben sich die Dirndln gleich ausgekannt und sind schon vom Anschauen rot geworden. Er hat weder den Beichtstuhl noch den Teufel gefürchtet, und auch die scharfen Standpredigten des jungen Herrn Kooperators haben ihn nicht schrecken können. Damals hatte sich gerade unser gemütskranker König Ludwig im Starnberger See ertränkt. Oder haben ihn die Geheimgendarmen auf der Flucht erschossen? Jetzt re-

giert der Herr Prinzregent das Bayernland. Ist ja grad gleich. Dem Franzl war's eh wurscht, wer in Bayern regiert.

Ihm ging das Farchtenegger Lenerl im Kopf um. Und nicht nur im Kopf. Dem Lenerl gefiel der Adlerflaum, und sie war so lustig mit ihm wie die Rieperdinger Liesl es gewesen war oder die Wirtskathl von Wiesbach und die Schellwieder Marei. Er schien gesegnet zu sein wie Jakob, der Patriarch. Der Mayer Martl hatte ein Glück bei den Dirndln. So etwas ist in der Jugendzeit mehr wert wie im Alter das Geld.

Aber es ist nicht ungefährlich, denn die anderen Burschen, die unglücklichen, die noch keine Art haben in der Liebe, sind voll des Neides auf so einen. Und wenn es leicht sein kann – zwischen Zufall und Vorsicht – läßt sich unter Holzknechten ein tragischer Unfall inszenieren. Der Mayer war ein Holzknecht.

An einem nassen Frühlingstag, dem 12. Juli 1886, im alten Klosterwald streifte den jungen Helden ein Dreimeterbaum und schleuderte seinen Körper fünfzehn Klafter weit den Hang hinab; der Baum hat ihn erschlagen. Nicht, daß er auf der Stelle tot gewesen wäre, es war noch schlimmer: Sechs Rippen waren eingedrückt, der Brustkasten war zerquetscht, die Ober- und Unterschenkel hatten vielfache Brüche, und am Kopf klaffte eine Wunde, so groß wie ein Gansei. Aber er lebte; trotzdem kein Mensch mehr für sein Leben eine Maß Bier bezahlt hätte. Auch nicht das Farchtenegger Lenerl. Was da allein noch helfen konnte, das war ein Vaterunser.

Irgend jemand mußte dieses Vaterunser gebetet haben, denn wie könnte man es sich sonst erklären, daß ein armer Holzknecht in die Chirurgische Universitätsklinik nach München transportiert worden wäre?

Johann Nepomuk von Nußbaum, königlich bayerischer Generalarzt und Professor der Chirurgie, Pionier der Antiseptik und auch privat nach Karbolsäure riechend, er hat sich des jungen Holzknechtes angenommen und hat ihn brav wieder zusammengeflickt. Schon Mitte August befand sich der Patient auf dem Wege der Besserung. Sein Humor kehrte zurück, und die barmherzigen Schwestern konnten an dem lustigen Burschen ihre Freude haben. Auch seine Exzellenz und Spektabilität, der Herr Geheimrat, mochte den Mayer Martl leiden. Bei der großen Visite, die einem hypokratischen Heereszuge ähnelte, denn der gichtkranke Nußbaum ließ sich in einer Sänfte voraustragen, verweilte man über Gebühr lange an Martls Bett, und seine Exzellenz beliebten mit dem Holzknecht scherzhafte Reden zu führen.

Aber wie es der Teufel haben will, in der Nacht auf Maria Geburt überkommt den Holzknecht auf einmal eine große Mattigkeit, er kann kein Glied mehr rühren, weder Finger noch Zunge noch Augenwimper, er verfällt in eine Steifheit, daß er da liegt wie ein Toter. Kein Hauch kommt mehr über seine Lippen, kein Deut mehr aus seinen Augen.

Als am frühen Morgen die Schwester Alfonsa mit der Waschschüssel kommt, ist sie entsetzt. »Um Gottes Willen, Martl, wie siehst du denn aus?« – Sie berührt ihn, fühlt seinen Puls und kann es nicht fassen. Sie rennt zur Schwester Franziska. »Der Martl, Schwester! Es ist ein Unglück geschehen. Er ist die Nacht über verstorben.«

Soweit es die Frühmesse erlaubt, kommen die Schwestern ans Sterbebett, zünden die Sterbekerze an, besprengen den Leichnam mit viel Weihwasser, bejammern das blutjunge Leben und beten die Sterbegebete. »O Herr, gib ihm die ewige Ruhe und sei seiner Seele ein gnädiger Richter ...«

Der Zwanzigjährige hat das alles deutlich gesehen und gehört. Er war vollkommen bei Bewußtsein und er hatte das linke Augenlid nur halb geschlossen.

Um sieben Uhr spendet ihm der Krankenhausbenefiziat posthum das Sakrament der letzten Ölung, um acht Uhr unterschreibt der Assistenzarzt den Totenschein, und der Hausmeister mit seinem Gehilfen legt den Leichnam auf die Totenbahr. Sie tragen ihn durch lange Korridore und über Treppen hinab in den Keller und legen ihn in der kalten Totenkammer auf einen nackten Holzschragen. Zu seiner Linken war der tote Körper einer jungen Frau ausgestreckt, zu seiner Rechten der eines alten Mannes. Gegen Mittag kam noch die Leiche einer alten Frau hinzu.

Nicht leicht, daß dem Mayer Martl bis zu dieser Stunde jemand hätte das Fürchten lehren können, aber jetzt kroch eine unheimliche Angst in seine Seele. Er ist hellwach, und seine Gedanken arbeiten. Er holt alle seine Kräfte zusammen, will schreien, will den Arm rühren, will sich vom Totenschragen herunterwälzen. Es nützt ihm nichts. Er bleibt steif und scheintot.

Die Stunden vergehen, es wird Nachmittag. Er hört Schritte, die Tür öffnet sich, er schöpft Hoffnung. Aber die Männer, die da kommen, sind die Fuhrleut des Todes. Zwei Särge stellen sie hin und packen die junge Frau in den einen, den alten Mann in den anderen. Er hört ihren Diskurs.

»Wo soll denn nachand der hin? – Überführn laßt den niemand. – Hat ja die Schwester Franziska gesagt, er kommt auch auf den Zentralfriedhof. – Haben wir einen Sarg zu wenig dabei. – Holen wir ihn nach der Brotzeit. – Daß wieder kein Feierabend hergeht, heut!« –

Die Leichenfahrer tragen die Särge hinaus. Die Tür fällt ins Schloß. In der Totenkammer der Chirurgischen Klinik herrscht für den vom Starrkrampf befallenen Martl eine unheimliche Stille. »Herrgott, sie werden mich doch nicht lebendig begraben? – Herrgott, ich stirb ja vor lauter Angst!« – Aber er verliert nicht einmal das Bewußtsein.

Auf einmal, er hat niemanden kommen hören, wird er mit Weihwasser besprengt. Die gute Schwester Alfonsa ist es. Sie nimmt Abschied von ihm und betet an seiner Bahre den Rosenkranz.

Und dann scheppern auch schon die Leichenfahrer mit dem Sarg daher. Dumpf poltert die Truhe. Sie ergreifen ihn und legen ihn in den Sarg. Hinaus geht's mit ihm in den Totenwagen.

»Geh zu, Blass', zieh an, es ist schon gleich halbe sechse!«

Der Martl in seiner Truhe hört es wie aus dem Grab. Es rumpert und pumpert dahin. Nur den Hufschlag der Pferde kennt er deutlich heraus. »Vielleicht bin ich wirklich schon tot und will es nur nicht glauben? Werd ich morgen schon beerdigt? Wird auch die Mutter kommen und das Lenerl? Leichentrunk wird es keinen geben. Und ob das Farchtenegger Dirndl auch weint?« – Seine Gedanken verschwinden allmählich, es ist ihm alles wurscht, er hält sich bald selber für tot.

Wie sie ihn aber in der Leichenhalle aufbahren, zu

seinen Häuptern zwei Kerzen anzünden und er die Aufwärterin mit dem Totengräber zanken hört, hält er sich doch wieder für einen Lebendigen. Sein halb geöffnetes Auge kann nur starr geradeaus sehen. Und da fügt es sich, daß die Mitte seines Blickfeldes das große schwarze Kruzifix des Leichenhauses einnimmt. Die Stunden der Nacht brechen herein, und seine Sinne dämmern dahin zwischen Leben und Tod, zwischen hellwacher, schrecklicher Angst und einschläfernder Lethargie. Gegen Mittag des anderen Tages sieht er seine Mutter weinen und den Hollrieder schnupfen, seinen Firmpaten. Vom Lenerl sieht er nichts.

»Sie werden mich doch nicht schon heut eingraben? Es ist erst der zweite Tag! Herrgott!«

Er fängt endlich zu beten an, denn die Angst vor dem Begrabenwerden ist größer in ihm als jede andere Marter. Er verschlingt das Kruzifix mit seinem halben Auge, er bestürmt den Gekreuzigten. Aber er findet keinen Trost. Zu majestätisch, zu schrecklich erscheint ihm Gottes Sohn im Haus der Toten. Mechanisch beten seine Gedanken den Rosenkranz.

»Heilige Maria, Mutter Gottes«, ruft er und er faßt den Gedanken eines Gelübdes zur Lieben Frau nach Maria Hilf. Ununterbrochen und immer schneller betet er den Rosenkranz. Und nach jedem Gesätzchen schwört er: »O Maria, hilf! Ein zentnerschweres Kreuz trag ich Dir nach Passau. Oder nach Ötting. Vom Holzland bis nach Ötting in deine Kapelln – wenn Du mir hilfst in meiner großen Not! O Maria, hilf!«

Durch dieses Gelöbnis wurde der Martl ruhiger, ja eine große Hoffnung stand auf in ihm. Er war sich jetzt fast sicher, daß noch ein Wunder geschehen würde.

Eines stand jedenfalls fest: Beerdigt würde er heute nicht mehr, denn es dämmerte bereits. Er schlief ein.

Und langsam – für die gefährliche Situation eines Scheintoten im vorigen Jahrhundert viel zu langsam – setzte sich seine Rettung allmählich in Gang.

Am vermeintlichen Sterbetag des Mayer Martl hatte Professor Nußbaum keine Visite. Als er aber tags darauf, am Festtage des heiligen Johann Nepomuk, seines Namenspatrons, in seiner Sänfte sitzend vor dem leeren Bette seines jungen Patienten vorbei getragen wurde, stutzte er und sagte: »Ja, wo ist denn der Martl? Der darf doch noch nicht aufstehn!« – »O mei, Herr Geheimrat«, seufzte die Schwester, »der ist gestern in der Früh schon gestorben und liegt bereits auf dem Zentralfriedhof. Morgen wird er beerdigt, der arme Mensch. Schad um das junge Leben!«

»Hm, hm«, hüstelte Seine Exzellenz, der königliche Generalarzt, und puzte seinen Zwicker. »Das kann ich schier gar nicht glauben. Wer hat ihn denn für tot erklärt?«

»Ich, Herr Geheimrat«, warf sich der Assistent in Positur. »Es war ein einwandfreier Exitus, vermutlich Embolie!«

»So? – Einwandfrei? –« Johann Nepomuk Nußbaum behauchte die Gläser seines Zwickers und blinzelte nachdenklich auf die leere Bettstatt. – »Na ja, ich wähnte ihn schon übern Berg.« Er stülpte das Augenglas auf die Nase und befahl den Trägern seiner Sänfte: »Weiter bitte!«

Aber Nußbaum mußte an seinem ganzen Namenstag an den armen Mayer Martl denken. Auch noch abends, als er schon im Bette lag und nicht einschlafen konnte.

Er, der die antiseptische Wundbehandlung in Bayern eingeführt hatte, der sich um den jungen Holzknecht so viel Mühe gegeben hat, er konnte es nicht glauben. Die Gicht plagte ihn ohnehin, an Schlaf war nicht zu denken. Er klingelte, ließ sich ankleiden und den Tragsessel bringen. Die Assistenten und der Hausmeister wurden geweckt, der Oberkommissär, der Friedhofsverwalter und die Leichenfrau. Gegen Mitternacht bewegte sich eine gespenstische Prozession durch die Grabsteine des Zentralfriedhofes auf das Leichenhaus zu. Das war keine kleine Aufregung! Aber gegen den Willen seiner Exzellenz konnte niemand aufmucken.

Der Mayer Martl in seinem Sarge hörte sie gleich kommen und hätte einen Juhuschrei ausstoßen mögen, wenn er nicht scheintot gewesen wäre. Er spürte es, jetzt wird er gerettet, jetzt werden sie sein Grab ohne ihn zuschaufeln müssen.

Nußbaum befahl seiner Suite, den Patienten aus dem Sarg heraus zu nehmen, ihn dann sofort auf den Kopf zu stellen und etliche Kübel Wasser überzugießen. Und daraufhin geschah denn auch das Wunder. Der Martl gab sein erstes Lebenszeichen von sich.

»Na, wer hat jetzt recht gehabt?« Der Geheimrat hielt sich mit den Händen an der Armlehne seines Tragsessels fest und ließ seinen gichtgeplagten Körper vorsichtig wieder in eine bequemere Lage zurück gleiten. »Für so einen frechen Burschen ist kein Platz auf dem Friedhof. Marsch ins Bett mit ihm!« –

Es hat nicht mehr lange gedauert und der Martl war vollkommen geheilt. Bei seiner Entlassung schenkte ihm Professor Nußbaum für den ausgestandenen Schrecken zehn nagelneue Goldstücke. So viel Geld hatte der Holzknecht noch nie in seinem Sack gehabt. Ist es da einem, vom Sarge auferstandenen, jungen Mann zu verdenken, wenn er sich etliche gute Tag auftun will?

In Uttlau ist Veteranenball, in Haarbach eine Hochzeit und ein Volksfest in Grießbach. Überall wird er begrüßt, überall gefeiert und die jungen Dirndln sind lustig und schön. Auch die Farchteneggerische ist ihm noch nicht aus dem Sinn gekommen. Nur das zentnerschwere Kreuz, das er nach Altötting zu tragen versprochen hatte, sein Gelübde, das hat er vergessen.

Beschönigen wir es nicht: Er hat es nicht vergessen. Das Gelübde stand ihm Tag und Nacht vor Augen und bedrückte sein junges Gemüt. Der Humor fiel von ihm ab, sein Schneid ging zum Teufel, er war nicht mehr der Mayer Martl.

»Was ist denn mit dem Martl? Er ist nicht mehr der gleiche Mensch.« – Seine Beliebtheit nahm täglich ab, denn die traurigen sind nicht gefragt in einer lustigen Gesellschaft.

»Ja, was wird er schon haben? Ein armer Teufel ist er, und geblieben ist ihm etwas im Kopf von dem Unfall her und weil sie in München droben so bös umgesprungen sind mit ihm. Es hat ihn der Professor als Versuchskaninchen benützt. Der wird noch einmal ganz spinnert werden.« So denken bald die Leut über ihn. Von seinem zentnerschweren Gelübde wußte kein Mensch was.

Man schrieb ja nicht mehr das Mittelalter. Wie würden denn die Leut schauen, wenn da auf der Landstraße ein Bursch daherkäme, ein Holzknecht im Feiertagsgewand und mit einem Kreuz über der Schulter? Er genierte sich.

Es ist auch sechzig Kilometer weit. So weit war es nicht nach Calvaria. Am End ist die Muttergottes von Ötting auch zufrieden, wenn er so kommt, ohne Kreuz, aber immerhin zu Fuß.

Er schließt sich einer Bittprozession an, betet laut den Rosenkranz mit, bleibt drei Stunden lang in der Kapelle vor dem Gnadenbild knien – und verspürt hernach dennoch nicht die geringste Erleichterung seines schlechten Gewissens. Nicht einmal recht anzuschauen hat er sie gewagt, die schwarze Madonna. Ja, es ist ihm, als hätte sie ihm einen Vorwurf gemacht. Er hat es sogar deutlich gehört: »Martl!«, hat sie gesagt, »wo hast denn dein Kreuz? Du hast mir ein zentnerschweres Kreuz versprochen!«

Von der Stund an wird die Ruhelosigkeit seiner Seele nur noch ärger.

Er hält bald sein Leben für ein sinnloses Dasein. Und was er die kommenden Jahre auch unternimmt, nichts mehr glückt ihm. Er hat es selber vorausgesehen, damals, auf dem trostlosen Heimweg von Altötting. »Ich bin ein Wortbrüchiger, ein Abtrünniger, ein Verfluchter!« So hat es in einem fort in ihm gesprochen. Und das war für ihn nun tatsächlich kein Wahn, sondern eine täglich erlebte Wirklichkeit. Er kriegte keine gute Arbeit mehr. Nur noch eine schlecht bezahlte. Die Burschen meiden ihn und erst recht die Dirndln.

Damit allein wäre der Mayer schon mehr gestraft gewesen als genug. Keine Kellnerin, keine Nahterin, keine Mitterdirn und keine Großdirn, keine wollte mit ihm mehr tanzen, keine gab ihm an, wenn er an ihr Fenster klopfte, keine ließ ihn hinein. Auch das Frachtenegger Lenerl hat einen anderen geheiratet.

Und er hat sich immer noch geniert mit seinem Holzkreuz auf dem Rücken nach Altötting zu wallfahrten. Er ist noch zweimal mit leeren Händen nach Altötting gegangen. Es hat ihm nichts geholfen. Ein jedesmal war es ihm, als hätte die Madonna ihn noch eindringlicher gefragt: »Mayer, wo hast du das Kreuz? Du hast mir doch ein Kreuz versprochen!«

In seiner Verzweiflung hat er das Trinken angefangen, hat in den Wirtshäusern herumgeflucht und gotteslästerliche Reden geführt, daß ihn der Hausl hat öfters hinauswerfen müssen. Sein Leben war ruiniert. Gut zehn Jahre dauerte das Elend. Mit dreißig Jahren war es ihm dann genug. Er nahm einen Kälberstrick und hing sich auf.

Aber der Strick riß. So weit war es gekommen! Er hatte nicht einmal beim Aufhängen mehr ein Glück. Verzweifelt, aber fluchend und betend zugleich schläft er ein und hat einen schrecklichen Traum. Er liegt wieder scheintot im Sarg und wird beerdigt. Professor Nußbaum hält ihm die Leichenrede. Er hört den Geheimrat zu ihm ins Grab hinunterrufen: »In die Hölle mit diesem wortbrüchigen Schuft!« –

Als er am anderen Morgen erwacht, ist er ein anderer Mensch. Er zieht sich rasch an, geht nach Rieperting und sucht den Schreinermeister Fäustl auf. »Schreiner,« sagt er, »mach mir ein Kreuz, ein schweres, einen guten Zentner darf es schon wiegen!«

Den dritten Tag darauf, mitten in der Nacht, macht er sich auf den Weg. Er nimmt das Kreuz auf seine Schulter und trägt es sechzig Kilometer weit nach Altötting.

Als er sich Eggenfelden nähert, wird es schon heller Tag. Die Leute sehen ihn und schütteln den Kopf. Die

Schulkinder bleiben stehen. Er kommt sich vor wie der Hauptdarsteller in der Passion. In Raisach gönnt er sich ein Mittagsmahl: In der Wirtsstube hocken ein paar Bauern und ein Hausierer. Der Martl legt sein Kruzifix auf den Tisch, ißt einen Schweinsbraten und trinkt eine Maß Bier.

Die Kellnerin muß lachen, und ein Bauer kann sich das Fragen nicht verbeißen: »Was hast denn du angestellt? Hast vielleicht einen umgebracht?« Der Hausierer aber ergreift das Kreuz und hebt es prüfend auf. »Es ist auch net viel schwerer wie meine Kraxen«, sagt er dann. »Gäbst einen guten Hausierer ab, wennst mit dem Trumm bis auf Ötting gehn willst.« Der Martl ißt und trinkt und gibt keine Antwort. Die Leute sticheln weiter, und jedes Wort traktiert ihn wie der grimmige Spott der Pharisäer. Und er ist kein geduldiger Heiland! Viel vertragt er nicht mehr. Der Hausierer, der das Bier schon spürt, hört nicht auf. »Weißt was«, schreit er und schiebt dem Martl sein Kramer-Kirm hin, »jetzt tauschen wir zwei, du tragst mein Kraxen und i nimm dein Kreuz. Gehn wir miteinander nach Ötting, es ist eh mein Weg. Vielleicht hab ich ein Glück bei der Muttergottes und die hundsnotigen Bauern kaufen mir hernach mehreres ab!«

Da packt den Mayer die Wut. Er zahlt seine Zech, versetzt dem Kramer samt seiner Kirm einen Stoß, daß sie beide übereinander zu Boden fallen, nimmt seine hölzerne Last auf den Buckel und ist auch schon bei der Tür draußen. Der Wirt und die Wirtin, die Kellnerin und die Bauern rennen ihm neugierig nach bis auf die Straße hinaus. Nach einer Weile gesellt sich auch humpelnd der lädierte Hausierer zu den Gaffern. »Der scheinheilige Schuft, der!« schimpft er ihm nach. »A so wie der sind sie alle, die Betbrüder, die elendigen! Weiß der Teufel, was der auf dem Gewissen hat. Vielleicht ist er ein Mörder?«

Jetzt aber schlägt die Stimmung um – angesichts des demütig weiterziehenden Wallfahrers – und die Bauern fallen über den spottenden Hausierer her. Den Mayer Martl kümmert der Handel nicht mehr. Es wird ein heißer Nachmittag. Die Sonne brennt vom Himmel herab, das schwere kantige Holz lastet schwer auf seinen Schultern, er schwitzt. Ist er nicht gerade so unschuldig, der Mayer, wie weiland der wirkliche Kreuzträger? Er ist seinerzeit dem gehenden Holzbaum nicht mutwillig in die Bahn gelaufen und er hat sich auch nicht selber scheintot in den Sarg gelegt. Herrgott, es ist ein Kreuz auf der Welt!

Endlich wird es Abend, und in der Dämmerung grüßen die Türme von Ötting. Die letzten Kilometer sind die schlimmsten. Seine Füße haben Blut- und Wasserblasen, sein Genick ist starr, weil er ja den Kopf wegen des eckigen Kreuzes immer leicht auf die Seite geneigt tragen mußte, und auch der Rücken schmerzt ihn elend. Aber genieren braucht er sich nicht mehr, denn die Öttinger sind die Wallfahrer seit Jahrhunderten gewohnt und benehmen sich ihnen gegenüber mit Ehrerbietung. Sie nehmen den Hut ab vor dem Kreuzträger, als käme das Allerheiligste selber daher, und nicht wenige bekreuzigen sich sogar.

Da ist auch schon die Gnadenkapelle. Mitsamt seinem Kreuz geht er hinein und wankt vor bis zum Kommuniongitter, direkt vor das Angesicht der Madonna. Sie soll es nur sehen jetzt, denkt er sich und legt das

Kreuz auf den Boden der Kapelle. Er aber bleibt stehen und sieht der hilfreich Wundertätigen ins Gesicht. Schon will er es ihr sagen, wie hart der Weg gewesen ist, wie bös die Leut gespottet haben und wie sie ihn nun nicht mehr wortbrüchig nennen darf. Aber die gute Mutter Gottes von Ötting kommt ihm zuvor. Sie nimmt seinen Trost aus der Seele, lächelt ihn an und sagt: »Brav, Martl, jetzt mag ich dich wieder, jetzt wird alles recht, gewiß! Dreh dich nur um und geh ins Wirtshaus derweil, kauf dir eine Maß, ich hab eine große Überraschung für dich!« –

Das ließ sich der Mayer nicht zweimal sagen. Er bekreuzigte sich, nahm den Weihbrunn und begab sich geschwind in den Mühldorfer Hof, wo er auch zu nächtigen gedachte. Die ganze Freude seiner Jugend war plötzlich in ihn zurückgekehrt, und er hätte einen Juhuschrei tun mögen. Saß da in der Wirtsstube ganz einschichtig an einem Tisch eine bildsaubere Jungfrau. »Dianei, suchst einen Hochzeiter?« Mit diesen kecken Worten hockte er sich zu ihr, und gerade lustig war er. Es war das Werk von kaum zwei Stunden, daß die beiden sich gern hatten und glücklich wurden für ihrer Lebtag. Das Dirndl vom Mühldorfer Hof hatte einen großen Bauernhof und hat den Martl schnell in ihr Sach hinein heiraten lassen.

Es braucht halt doch keiner eher in sein Grab, bis daß seine Zeit um ist.

Niki

Sie war eine alte Hexe, die Frau Luisa Merklebuchner, Kartenlegerin und Schicksalsberaterin. »Legen Sie auf die Herz-As jetzt bitte drei Blatt!« – Susi tat es mit zitternder Hand, denn sie »glaubte« an die verruchte Deuterin ihrer Zukunft. Frau Luisa deckte die Blätter auf und war voll der optimistischen Überraschung: »In drei Tagen, drei Wochen oder drei Monaten werden Sie ein großes Glück erleben. Sie müssen nur ausharren. Ja, alles wird gut, wenn Sie auf den Studentenfaschingsball ins Eulaliahaus gehen. Am besten verkleidet als Ährenleserin Ruth oder als Kuhmagd. – Zur Unkostenbegleichung bitte ich um zwanzig Deutsche Mark.«

Man schrieb den 2. Februar des Jahres 1959. Fräulein Susi war die Tochter eines reichen Papas, hatte aber trotzdem kein Glück mit ihren Verehrern. Wenn diese nämlich sahen, wie groß die Villa war, in der sie gleich drei Zimmer bewohnte, wie ein Butler den Tee servierte und dann »zufällig« Papa dazukam, dann wußten sie vor Schreck kaum mehr, wie sie sich hinsetzen sollten. Und wenn sie dann auch noch erlebten, wie sie ein Chauffeur in einem großen amerikanischen Wagen zum Rendezvous brachte, dann getrauten sie sich nichts mehr mit ihr anzustellen, kamen ins Stottern und ließen sich nicht mehr blicken.

»Ich will keinen Traumichnicht zum Schwiegersohn«, sagte Papa. So ging sie am Lichtmeßtag zur Kartenlegerin und erfuhr von dem Eulaliaball. – Gewissenhaft verkleidete sie sich als weiße Ährenleserin mit langem Magdrock und mit weißer Bluse, trug auf dem Kopfe aber ein schwarzes, enggebundenes Tuch. Sie hätte gar kein Büschel Ähren in der Hand halten brauchen, jedermann hätte sie sofort als Ährenleserin erkannt. Freilich kam sie erst nach neun Uhr in den wogenden Ballsaal des Eulaliahauses, wo ein Philologiestudent mit Wetzstein, aber ohne Sense sie bereits aufgeregt erwartete. Der Philologe hatte auch schon einige Kommilitonen gefragt: »Habt ihr keine Ährenleserin gesehen? Sie muß dasein.« Das war der Sohn der Merklebuchner. Und während der im Gewoge der Tanzenden nach der Ährenmagd Ausschau hielt, forderte ein eben angekommener Student der Jurisprudenz, der zu seiner Maskierung nur einen Strohhut trägt, sofort die noch am Eingang stehende Ährenleserin auf und tanzt mit ihr für beide Seiten äußerst beglückend einen Tanz um den anderen.

Der Philologe Merklebuchner bekommt die beiden bis nach Mitternacht, ja bis Ballende, nicht zu Gesicht. Enttäuscht und wütend macht er sich auf den Heimweg zu seiner Mutter. »Tröste dich, Bubi, die Karten können sich dreimal täuschen, aber nicht viermal.«

Jetzt zum Studente der Jurisprudenz! Nikl Mittermeier macht 1959 sein erstes juristisches Staatsexamen, das Referendarexamen. Will er eine gute Note, muß er hart studieren. Er ist aber meistens müd, denn er fährt von vier Uhr in der Früh bis sieben Uhr mit seinem Fahrrad Tageszeitungen aus, steigt hundertmal vom Rad und steckt die Blätter in die Briefkästen. Davon lebt er, davon zahlt er die Zimmermiete und sein Essen. Er hat ja noch drei Geschwister, und sein Vater ist nur ein Straßenarbeiter der Gemeinde einer Kleinstadt. Bafög hat es in den fünfziger Jahren noch keines gegeben. Kreditfähig ist er auch noch nicht.

An eine Freundin kann er in dieser Situation nicht denken. Beim Zeitungsausfahren begegnet er manchmal einer heimtrippelnden Bardame. Aber die ist auch stockmüd und würde von ihm schon gleich gar nichts wissen wollen. Einmal – bei einem kurzen Gespräch vor ihrer Haustür – beweist sie ihm das auch.

O mei, seufzt Niki, wie ist die schöne Jugendzeit doch so hart? – Aber die Hoffnung, daß so ein sauberes Maderl einmal seine Liebste werden wird, läßt er nicht fahren. Noch acht Wochen, und das Schlimmste ist überstanden. Das ist seine Hoffnung!

Es wird Januar und Februar. Seine Verbindung hält einen – für damalige Verhältnisse – großartigen Faschingsball ab. Er würde, wenn überhaupt, solo erscheinen. – Das mache nichts, einige alte Herren bringen dafür ihre Töchter mit. An Mädchen würde es nicht mangeln. – Niki büffelt in seiner kleinen Bude, wirft das Prozeßrecht weg und ergreift einen vom Hausherrn ausgeliehenen Strohhut, büffelt aber dann doch weiter. Um neun Uhr macht er sich schließlich auf den Weg ins Eulaliahaus.

Es treibt ihn eine geheime Kraft an. Das tanzende lustige Treiben hat schon einen ersten Höhepunkt erreicht. Er fordert die nächstbeste auf. Sie heißt Susi und tanzt himmlisch. Er ist sofort begeistert. – Und auch der Susi scheint er nicht gleichgültig zu sein.

Um zwei Uhr geht das Paar heim. Sie begleitet ihn sogar in seine Studentenbude. Kann aber dann doch nicht bleiben. Auch aus Gründen der Schicklichkeit. Er soll sie nicht in zu leichtfertiger Erinnerung behalten, aber wie er wohnt und lebt, will sie doch wissen. Den kommenden Sonntag nachmittag würden sie sich ja wieder sehen. Das ist morgen. Pardon, heute! Er würde sie abholen. Nein, sie würde ihn abholen. Damit er nicht zu viel Zeit vertut für die Vorbereitung aufs Examen. Sie würde ihn abholen zu einem Spaziergang in den Park. – Er braucht heut nicht aufstehen und kann doch nicht schlafen.

Wer ist diese Susi? Schön, elegant und auch gebildet. Verdient sie schon selber so viel? Als Sekretärin, wie sie sagt? Das kann sein. Sie steckt halt ihren ganzen Verdienst in ihre Eleganz. Das gibt es. Er schweift immer wieder ab. Endlich wird es drei Uhr. Da klingelt es auch schon dreimal. Heißt es ja an der Wohnungstür: Mittermeier Cand jur. dreimal klingeln. Das ist Susi. Er springt auf und öffnet. Er ist sofort spazierfähig. Sie gehen in den Park. Es ist neblig und kalt. Sein Lodenmantel ist dünn. Sie hat einen Pelzmantel. Mein Gott, wer ist sie? – »Mein Vater ist Handschuhmacher, und ich bin eine gut verdienende Sekretärin.« Hinter der Brunnenanlage küßt er sie. Sie lädt ihn in ein Kaffeehaus. Er besteht darauf, die Rechnung zu begleichen. Dann begleitet sie ihn wieder zurück in seine arme Studentenbude. Trotzdem, die Liebe der beiden macht rasch große Fortschritte!

Er hat es ihr bereits gestanden, daß er täglich von vier Uhr bis sieben Uhr Zeitungen verteilt und damit sein Leben, sein Studium finanziert. Weil ihm sein Vater

nichts geben kann. Der wohnt mit drei kleineren Geschwistern ohnehin in einer Arbeiterwohnung zur Miete. Nicht hier in der Universitätsstadt, sondern in Geisbach. »Wenn ich nur jetzt, die letzten vier Wochen vor dem Examen, richtig büffeln könnt!« seufzt Nikl.

»Das kannst du«, antwortet die Susi sofort. Denn sie ist verliebt, begeisterungsfähig und nicht nur elegant, sondern auch herzensgut. Ihr imponiert die Tüchtigkeit ihres Studenten. Obschon sie erst einundzwanzig Jahre alt ist und er kaum vierundzwanzig, springt sie beim Zeitungsausfahren für ihn ein.

»Mach dir keine Gedanken, ich schaff das schon mit deinen Zeitungen.« – Die ersten Tage fahren sie die Blätter gemeinsam aus. Daß sie die Tour kennenlernt. Miteinander schieben sie das schwerbepackte Fahrrad. Von Haus zu Haus. Eine Liste mit den Namen und Hausnummern händigt er ihr aus. Nach drei Tagen macht es Susi allein. Zunächst auch noch mit seinem alten Fahrrad. Es fällt ihr schwer genug. Aber was tut man nicht alles, wenn man verliebt ist. Sie muß ausharren.

Er lernt sich nun leichter. Sein Examen wird eines der besten werden. Und obendrein ist er jetzt überglücklich. Warum sollten sie in der Referendarzeit nicht schon ans Heiraten denken? – Vielleicht kriegt er dann um 25 Mark mehr? Und eher auch eine Anstellung im Staatsdienst? Sie würde ohnehin als Sekretärin weiterarbeiten. –

Das sind aber nur kurze Augenblicke, in denen er sich während des Lernens solchen Träumen hingibt.

Der Susi ist das Zeitungsausfahren mit dem Fahrrad schon am vierten Tag zu mühsam geworden. Sie nimmt den Wagen ihres Vaters. Der ja nicht nur eine Handschuhfabrik betreibt, sondern jetzt auch noch Kunststoffdeckel herstellt, Bucheinbände, Kalender und Werbeutensilien macht. Voriges Jahr hat er den Titel eines Consuls erobert, und er beschäftigt nun an die dreihundert Arbeiter.

Sie hat Niki nicht belogen, denn sie ist tatsächlich eine der Sekretärinnen ihres Vaters. Nur daß sie das verwöhnte Töchterlein ist, hat sie dem armen Niki verschwiegen, verschweigen müssen. Denn zwei Freunde sind ihr vor Schreck schon davongerannt. Dazu war von denen keiner mit Niki zu vergleichen!

Und was macht es den Zeitungslesern aus, wenn ihre Blätter mit dem großen Wagen ausgefahren werden? – Nichts. Sie wird es sich noch einfacher machen und den Chauffeur mitnehmen. – Der hat nicht nein gesagt. – Sie müssen nur aufpassen, daß Niki es nicht erfährt. Freilich, eines Tages wird er alles erfahren müssen.

Kaum ist das Examen geschafft, nimmt Niki seine Susi zu seinen Eltern mit. Sie fahren mit dem Zug. Der Mutter ist die Freundin zu vornehm. Dem Vater ist das wurscht. Aber gescheiter wäre es schon, der Niki würde sich noch nicht an eine hinhängen, meint er.

Kaum sind die beiden wieder in der Stadt, führt Susi ihren Niki in ihr Vaterhaus. Die Villa des Herrn Consul ist fast ein Schlößl. Der Rechtspraktikant ist erschüttert. Er wird abweisend, verzieht sich in seine Studentenwohnung und löst die Freundschaft. Herrgott, ist denn ein reicher Vater eine Sünde?

Tage vergehen. Er rührt sich nicht. Er hat viel zu denken. – Und kommt sich schließlich vor wie ein Hagestolz. Aber er ruft nicht einmal an. Susi hält das nicht

mehr aus. Die fünfte Nacht begegnet sie ihm auf seiner Zeitungsfahrt. Sie fährt im Luxuswagen ihres Vaters. Mit Chauffeur neben seiner her, läßt vor jedem Briefkasten anhalten. Endlich steigt er ein. Und der Fahrer trägt die Zeitungen in die Häuser.

Wie übermütig waren sie früher gewesen. Wie unbeschwert! Sagte er ihr doch bei ihrem ersten Zeitungsgang: »So, Susi, jetzt verwechsle die Zeitungen nicht, und fall mir in keinen Briefkasten!«

»Niki, jetzt siehst du aus, als wärst du in einen Briefkasten gefallen!«

Niki antwortete nicht. Drei Tage nicht. Aber Susi ließ nicht locker. Endlich brach das Eis in des Rechtsreferendars Seele. Es kam zur Verlobung und zu einer aufwendigen Hochzeit. – Genau nach drei Monaten! Wie die Kartenlegerin vorausgesagt.

Ein Märchen. Aber ein wahres aus dem Jahre 1959. – Die Kinder des glücklichen Paares – auch heute noch glücklichen Paares – haben nun selber schon das Staatsexamen bestanden. Bleibt noch nachzutragen, daß der reiche Papa, kurz vor seinem Tod 1982, Konkurs hat anmelden müssen. Der Schwiegersohn Niki war um die Zeit aber bereits Ministerialdirigent. Und hat es noch zum höchsten Beamten seines Ministeriums gebracht, zum Ministerialdirektor.

Scharfe Beobachtung und tückischer Witz

Schön und ungeheuerlich sind die Geschichten, die Wolfgang Winkel seinen Lesern auf subtile Weise präsentiert. Menschen unserer Zeit, gebrochene Charaktere, suchen Verwundungen der Psyche zu verbergen und geraten in den Sog ihrer eigenen Abgründe. Pointierter Lesegenuß der genußvoll erschreckenden Art.

LANGEN MÜLLER